带着折纸去旅行

龙一———

著

天津出版传媒集团

百花文艺出版社

图书在版编目（CIP）数据

带着折纸去旅行 / 龙一著. -- 天津：百花文艺出版社，2020.9

ISBN 978-7-5306-7791-9

Ⅰ.①带… Ⅱ.①龙… Ⅲ.①散文集-中国-当代 Ⅳ.①I267

中国版本图书馆CIP数据核字(2020)第001042号

带着折纸去旅行

DAIZHE ZHEZHI QU LVXING

龙一　著

责任编辑：魏　青　　　　　**装帧设计**：张振洪

出版发行：百花文艺出版社

地址：天津市和平区西康路 35 号　**邮编**：300051

电话传真：+86-22-23332651（发行部）

　　　　　　+86-22-23332656（总编室）

　　　　　　+86-22-23332478（邮购部）

网址：http://www.baihuawenyi.com

印刷：山东临沂新华印刷物流集团有限责任公司

开本：787×1092 毫米　　1/32

字数：96 千字

印张：6.25

版次：2020 年 9 月第 1 版

印次：2020 年 9 月第 1 次印刷

定价：49.80 元

如有印装质量问题，请与山东临沂新华印刷物流集团有限责任公司联系调换

地址：山东省临沂市高新技术产业开发区新华路 1 号

电话：(0539)2925659

邮编：276017

目录

赶到惠州吃水果

　　我选定六月下旬前往广东省惠州市，原因很简单，此刻是惠州水果换季的时节。二十世纪末，世界上新生一种特殊职业，名叫"水果猎人"，主要工作是深入荒蛮之境，寻找正在灭绝的小品种水果，或保留种子，或移栽植株，顺便还可赏鉴这些水果的姿容与滋味，并用图片与文字加以记述。同时，这也是一个高风险职业，需要与物种灭绝的速度赛跑，需要与禁止外来物种的各国法律对抗。于是，这些人自我认定为地球物种的挽救者，而许多国家的植物进口法律则将他们定性为"走私犯"。我不具备"水果猎人"的冒险精神，但我是个水果爱好者，当某些水果与传统文化，或者与诗意相关的时候，特别是某种水果我只闻其名，却无法得到的时候，便越激发出我迫切的好奇心与满口馋涎。因此，实话实说，我此次惠州之行的目标是寻找被超级市场式的大商业所抛弃的小品种亚热带水果"黄皮果"，又名"黄枇"，土名"黄皮"。

在深圳宝安机场落地，车程不到两小时，我便住进惠州市惠东县巽寮湾的一家公寓式酒店。来接我的朋友说，机场有大巴直达巽寮湾，乘高铁来则更方便，惠州有站。感谢朋友的细密心思，我很喜欢这个复式公寓房间，楼上是卧室，楼下宽大的阳台上，被贴心且浪漫地安置了一个圆形大浴缸。我泡在浴缸里，发现远处的蓝天白云和淡绿色海水仿佛色彩饱和度过重的数码照片，明艳得不真实，而近处则是闪烁着晶光的白沙滩，不时从那里传来阵阵青少年的嬉闹声与欢笑声。于是，我不由得想起那两句名满天下的现代诗，便毫不犹豫地将其篡改为"面朝大海，剪剪指甲"。是啊，"春暖花开"只是外在条件，不似"剪剪指甲"直接观照内心，至少于此刻的我，确是如此。人人都说世事艰难，心绪烦乱，其实，每当我们反向内心观照自己的时候，便会发现，所有的艰难与烦乱都源于自己，源于无法满足的欲望，以及由此衍生的负面情绪遗留的残渣。

还是回到正题，"黄枇"或者"黄皮"。第二天朋友约我去邻近的博罗县东华镇"东坡荔枝园"采摘荔枝，途中他告诉我,早已经没有生产队时期的那种黄枇果园了,因为果实很难保存,更难运输,几乎没有现代商业价值。果然,途中偶尔望见黄枇树,多是种在农家院子里,黄色椭圆形果实成簇,弯弯地垂下来,已然成熟,令人垂涎。来之前我做过功课,知道黄枇分三种,一种至甜无敌,一种酸煞愁人,第三种酸甜适口,至于我,每一种都想尝一尝。苏东坡是惠州的大名人,也算得上是宋代名气最大的馋人,贬官出京,人未到,他的词曲却早已传唱至此,于是"粉丝"如云,让他这个贬官的日常生活倒也颇为丰富,尤其是吃。于是,苏先生的官是越贬越小,就职之地越贬越远,他却看得开,诗文词曲之余,一路往南吃将下来,袖携"东坡肉"妙方,来到惠州。他那首"罗浮山下四时春,芦橘杨梅次第新。日啖荔枝三百颗,不辞长作岭南人"。必定是在惠州时的作品,然不知何故,他在诗文中未曾提及黄枇。

苏东坡在绍圣二年第一次吃到荔枝,此事有诗为证,《四月十一日初食荔枝》:"垂黄缀紫烟雨里,特与荔枝为先驱。海山仙人绛罗襦,红纱单中白玉肤。不须更待妃子笑,风骨自是倾城株……"我生长于中国北方,大约三十年前初食鲜荔枝,直至今日,北方水果市场上,凡荔枝皆名"妃子笑"。这许是因为北方人当年难见荔枝,借着"一骑红尘妃子笑"的诗名,好让顾客易于接受。从这一点上看,我们北方人食荔枝只能算是耳食之徒了。

到了惠州我才知道,单广东一省,荔枝的品种便有八十二种,如今还剩下多少不知,也不知农业部门是否有这方面的调查。以本人追踪美味半生之所得拙见,最美味的水果品种往往最难进入现代商业的法眼,因为它们都有共同的特点,难以保鲜。于是,许多珍品就只因为这一缺陷,便被现代商业抛弃,甚至早早灭绝了。

昨夜下了一场小雨,天气不算甚热。我们进入东坡荔枝园,偶尔会看到一株果实累累却被弃之不顾的荔枝树,这恰如诗中所言:"荔枝初熟无人际,啄破红苞坠野田。"(唐代徐夤)园主人却说:那是妃子笑,因是早熟品种,五月上市,现在已经不吃了。六月下旬这段时间,正当时令的荔枝品种是糯米糍和桂味。

采摘归来,我们坐在园主人的院中,一边等候客家菜谱中著名的"东江盐焗鸡"和从"东坡肉"改造而来的"梅菜扣肉",一边剥食荔枝。高大的紫花风铃木遮住骄阳,不远处便是采摘过半的荔枝园,园主人给每位客人送上一盏淡盐水,说是"一颗荔枝三把火",蘸盐水而食,荔枝不但更加美味,而且不会上火。同行的朋友却有不同的说法,言称荔枝吃十颗八颗上火，食三斤以上则不会上火。我深知广东人每食必言"火"，不论药茶、煲汤，必以此为皈依。我没有三斤食量，然刚刚从树上摘下的荔枝确有无法言喻的美妙滋味。园主人过来添茶，口中的闲谈却仿佛奇闻，他说，你们下次早晨来，那时的荔枝没有火，太阳出来一晒，荔枝就有火了。果农的经验之谈就如同农谚，我相信他说得有道理。

"红藕丝，白藕丝，艾虎衫裁金缕衣，钗头双荔枝。"（宋代李石）像荔枝这般清甜可爱的果实，怎能不激发出人们内心深处最美好的情绪与爱意？很快我便发现，剥食荔枝其实是一件最宜恩爱的妙事，不论是少女的红酥手，还是老男人青筋暴露的粗糙大手，拈一颗红中泛绿的鲜果，从果柄处剥开，确认果柄的凹处没有虫卵，便剥去半边果皮，用三个指尖托至深爱的人儿唇边，轻轻一捏，莹润如玉的果肉滚落爱人口中，留在指上的小半边果皮，外红内白，应算是热情与纯情并举了。美好的事物该当滋养美好的情感，一花一叶一果，皆当如是。

此刻，树篱上粉白两种重瓣木槿正开得热闹，厨下飘来阵阵肉香，我与园主人围着石桌对坐闲话，这是馋人增广见闻与作家深入生活并举的妙事。我问园主人，那八十二个品种的荔枝现在还剩下多少？园主人说，惠州这一带，常见的有十几个品种，最早的"三月红"，晚些的"水晶球"，眼下最大宗的还是桂味和糯米糍。我想到一则新闻，有关一颗荔枝拍卖出巨额价格的事。园主人摇头，说那种事与果农没有半毛钱关系。恰巧我的朋友认识一位参加过荔枝拍卖的企业主，他说，那是惠州西邻增城市的"挂绿"，荔枝珍品，而且是仅有的一两株老树。是否值那么高的价格，朋友不知，但他的那位企业主朋友十年前生意好的时候，曾花费十数万元，在拍卖会上拍得一颗。作为馋人，我立刻浅薄地问：谁吃了，滋味如何？朋友说，那人煲汤喝了。我问：煲汤不是用荔枝干吗？朋友说：是啊，那人煲了一大锅荔枝红枣汤，将那枚"挂绿"投入锅中，说是让全厂八百多人都尝尝鲜。为此我不由得发自内心地为那位企业主的行止挑起赞指，这件事情的开端太商业化了，至俗，然结局却闪烁着人性的光芒。

今日忙了一天，尝到极鲜美的荔枝品种——糯米糍中的"红皮大糯"和桂味中的"鸭头绿"。不过，"黄枇"只看到，未入口。第三天清晨，我一边泡澡，一边剥食荔枝，举目观赏白云苍狗，垂眼便是碧海银滩，然后再次篡改著名诗句为"面朝大海，剥俩荔枝"。当此时节，惠州的桂圆还小，木瓜尚青，杧果初熟，所以，我们今天寻找的目标是"土杧果"。

人们多半知道，杧果原产于印度，《大唐西域记》中的"庵波罗果"即是此物，但它什么时候引进中国大陆的无从考证，只知道1562年引种到中国台湾，因此，许多名种杧果都是台湾果农选育的。土杧果是未经嫁接选育的原始品种，果肉中纤维粗，不似商业品种那般滑腻，在台湾多半被种来当行道树。我们前往的植物研究部门，便有一条几百米长的杧果林荫道，果实累累，让我望之大乐。陪同参观的果木专家说：要好吃，"树上黄"，杧果成熟自落，捡食即可。我忙向地上看。专家：地上那些都是昨晚落的。我恍然，此刻去捡地上的杧果，相当于与蝼蚁争食。我又向树上看。专家：你们来晚了，今天早上刚打过一遍，成熟的都被员工捡去做杧果冰消暑了。我望望树上，又看看地下，十指空抓不已，心中颇感失望。朋友安慰我：惠州水果遍地，说不定下午便能遇到。

果然，午餐时分，我们坐在一处农家小餐馆的杧果树下，大啖客家酿豆腐和酿苦瓜。醉饱之余，我才发现，这一会儿工夫，脚边身后已然坠落六七颗土杧果。我捡起来一看，个头小，皮厚色青。朋友说这就是"树上黄"。我说一点儿也不黄。朋友说一试便知。他让餐馆主人送一小碟酱油来，说这是闽南石狮、漳州的吃法，"土杧果蘸酱油"。我剥开青厚的果皮，发现果肉果然是杧果特有的浓黄色，不甚甜，然香气甚浓。像土杧果蘸酱油这种吃法，我于梦中也不会想到，感觉好吃，虽则粗纤维塞牙，然别具风味。

然而，错误也是发生在这一刻。杧果宜饱，因此《开宝本草》中才会说："天行病后及饱食后俱不可食之。"说实话，腹中过分胀饱的滋味很不好受，幸而有广东民谚曰："饥食荔枝，饱食黄皮。"我问餐馆主人，村中谁家有黄枇树。餐馆主人不懂我言，朋友翻译成客家话，餐馆主人回应几句，便忙去了。朋友说，你有口福。我们拿着凳子直奔屋后，果然发现好大一株黄枇树，熟透的黄皮果一簇簇的，得有几百斤。我站在凳上攀折黄枇，学着朋友的样子，仿佛吃葡萄一样，将果肉挤入口中。黄枇外形很像龙眼，然味道酸酸甜甜，解去胸中油腻，消除腹中胀满，感觉真是奇妙。

以我多年经验，寻觅美食最大的乐趣就在于偶遇。许多东西，越是寻找，越是难见，而于无意之中获之，则大喜、狂喜、喜生绝处。惠州美食美果美景无数，客家人坦荡好客。我这一次寻果之行，虽然只尝到一个品种的黄枇，然而,这不恰好给我理由,让我寻机再来吗?感谢生活,感谢自然,感谢我自己仍能保有这份馋人之心。

海岛食珍

在下今年的中华美食行,选择了一处美丽的海岛。春秋时期这座海岛位于越国的东南角,乃断发文身之地。即使到了唐代,经济文化与中原、江左一带的差距仍然很大,于是才有了张籍"玉环穿耳谁家女,自抱琵琶迎海神"的诗句。如今不同了,跨海高速公路大桥即将通车,我上岛乘坐的客滚船,不久便将停航。

从古至今,渡口和渡船都是情感充溢之地,不论别离还是共渡,总不免充满浪漫感伤意味。为此,白居易平铺直叙曰:"知在台边望不见,暮潮空送渡船回。"或者司空图隐喻云:"南村寂寞时回望,一只鸳鸯下渡船。"还有岑参的铿锵音韵与家国胸怀:"山雨醒别酒,关云迎渡船。"话说远了,其实,这是我第一次乘坐客滚船,站在船上,望着这艘巨大的内燃机时代的"摆渡",想到下次若还有机缘上岛,"她"却不在了,这也应该算是一份离情吧。

这时,我的手机上跳出消息,今年的禁渔期突然提前,渔船禁止出海。天哪,我只是一个千里迢迢赶来吃海鲜的馋人,不必这么喜剧吧!

佛手、沙蒜以及其他

从本岛前往另一座小岛大鹿岛,当然要乘船,虽然浪浅潮平,但仍然让我清楚地感觉到那是海,与以往渡过的任何一座大湖,都有着心境与体感的区别。午餐地点是一家驻岛企业的餐厅,因为是禁渔期,大黄鱼、凤尾鱼等都是冰鲜。桌上一盘白灼贝类很有趣,是工人昨天在海礁缝隙中采集的,品种颇杂。我认识的有石灰色的疣荔枝螺,厦门人叫"苦螺",而本地人则称之为"辣螺",不知这"苦"与"辣"从何而来。盘中有几颗外形敦厚,蛤蜊粉色的扁玉螺。另有几颗芝麻螺,自螺口至螺尾,由深褐灰渐变至秋香色,一串串如同气泡般扭动上升的白色斑点,与旋转的螺纹相交,好似未来派建筑设计。形状最为奇特的,是一种被称为"佛手"的贝类,学名叫"龟足",它当真似手掌一般,前端的指爪是鲜艳的明黄色,在夏季显得格外清爽宜人,掌部是稳重大方的铁褐色，犹如夹纻造像年深月久的质地。盘中还有几种贝类不认识，只能拍了照片，回家慢慢查找。

旅行的妙处之一，便是增广见闻。当今之人"不辨菽麦"已经很久了，还好有新近发明的手机APP，借以识花辨草，人们为此兴奋得很，然而，辨识海洋生物的软件，目前还没见到。其实，人类天性好学，只是，信息科技进步带来的副作用之一，便是由海量数据库替代了笨拙的记忆，从效率上讲确实便捷，然而，从增广见闻的角度来讲，却不敢恭维。人类倘若放弃了对事物初见的惊奇、不识的焦灼、得知的喜悦、表达的骄傲以及进而产生的"兴趣"，此等人生当真乏味得很。

通常浙菜被分为四大流派，其中之一称"瓯菜"，发明于温州一带，原因是温州古称"东瓯"。此次之行，品尝到瓯菜名品"沙蒜"，它的学名颇佳，名叫"中华仙影海葵"。沙蒜生长于海边滩涂，每年初夏为采收季，须深挖盈尺，颇为累人，如今采掘过甚，殊不易得。据说，沙蒜难熟，烹调不易，但它的口感韧脆，滋味鲜美，作为食材，比海参的格调要高出许多。本人今夏到此，算是应时当令，得尝此味，开心得很。

旅行的另一大乐事为"访友"，这在古代是件不得了的大事。"童子立门墙,问我向何处。主人闻故旧,出迎时倒屣。"不知今生是否还能得见的故友忽然到访,这是何等的乐事,于是,主人奉出汉文化最可称道的传统,"春盘擘紫虾,冰鲤斫银鲙。荷梗白玉香,莼菜青丝脆。腊酒击泥封,罗列总新味。移席临湖滨,对此有佳趣"(唐彦谦《夏日访友》)。

如今虽然交通、通信便利,访友的情感浓度不似古人那般强烈,然而,安坐于友人父母院中巨大的桂花树下,浅酌桂花陈酒,掌心杯底是艳若胭脂的粒粒丹桂,案上盘中则是糕果杂陈,海错时新。饮到微醺之际,倾听友人之父,年过八旬仍风度翩然的数学教师讲述平生奇遇,不亦快哉!

主人准备的下酒菜中,有一味是我平生仅见,它叫"藤壶"。我能记住藤壶这种海洋生物,还是三十年前读欧文·斯通的《达尔文传》,得知达尔文在发表《物种起源》之前,曾在家中对藤壶进行过长达十年的枯燥研究,同时痛苦地思索是否对抗宗教传统,公开有关"物竞天择"的重大发现。我并不知道藤壶这种能够在木质帆船底部安家,随着大航海时代传遍全球五大洋的贝类,原来可以食用。据说在四五十年前,本地居民将藤壶看作穷人菜,只有鱼获不丰之时,才会有人将长在滩涂岩礁上的藤壶敲下来,充作菜肴,而在渔业大丰收时,因为缺少冷藏设备,则是要全社会总动员,大吃"爱国鱼"的。

如今大海穷了,藤壶很少,况且它天性难以保存,即使冷藏,三天必定变味。友人父母为我们准备的这一小盘,显然颇费周章。藤壶好吃吗?它应该算是小众滋味,深藏着一股细嚼慢咽的鲜甜,遇到此物,不可错过。日后若再有机缘重游此地,我一定要尝一尝本岛名品"藤壶蒸蛋"。

糕与馄饨

馋人的东南海岛之行,虽然赶上禁渔期,但可记述的内容仍然很多,内中惊奇,不可或忘。

说到糕,记得《西游记》女儿国那一回里写道:"那八戒那管好歹,放开肚子,只情吃起。也不管甚么玉屑米饭、蒸饼、糖糕、蘑菇、香蕈、笋芽、木耳、黄花菜、石花菜、紫菜、蔓菁、芋头、萝菔、山药、黄精、一骨辣嚼了个罄尽。"吴承恩老先生是用写实手法创作浪漫主义故事,他说的"糖糕",在华夏饮馔史上怕是得有数百种,此处海岛的九层糕,便可算是其中一种吧。

九层糕乃此地中元节祭祖的供品，民间日常也会食用，只是制作工艺颇为烦琐。通常是浸泡粳米磨浆，分作两份，掺以红白二糖，然后取用模具，倾一层米浆，蒸熟一回，九层糕需蒸九回，大约得一个下午的时间。成品出笼装盘，红白九重，色泽莹然，口感软糯，真真的入口即化，即使没有牙齿也很方便进食，难怪用它来祭祖，可见发明此物的古人既孝顺，又体贴。

　　此地还有一种咸糕，名叫"糕头"，说起来很好口彩，吃起来温柔熨帖。它是岛上最常见的早餐，将温热的粳米年糕捏作半尺直径圆饼，在里边嵌入荤素馅料，最后浇上一勺卤肉汁，然后将圆饼捏合为半月形。因为这镶嵌馅料的动手过程，岛上居民也称其为"嵌糕"。怎样描摹品尝感受呢？美味自不必说了，本人只一口下去，便知此物深得中庸之道，不单营养丰富，而且易于消化。这让我不由得联想起贵州湄潭县的一种名称时尚的早餐"丝娃娃"，是用米浆烙成薄饼，纳入多种馅料，包裹成"襁褓"形状。对于外地食客来讲，此物有两大特点，其一味道极酸辣，其二馅中必有"折耳根"。只要你能吃得下鱼腥草的根，此物也很好吃，然其味道绝不似糕头这般庸和中正，而是带有杀伐之气的强烈刺激。

游海岛必游渔村，东沙渔村在民居装饰上用心甚多，蓝白红各色纷呈，似与南欧爱琴海沿岸海村颇多神似。穿村拾级而上，能够走到海岛岬头，那里有一座旧灯塔，一座旧要塞，还有一座花粉宫。花粉宫不大，里边供奉的花粉娘娘凤冠霞帔，是新嫁娘的装束，据村民讲，花粉娘娘专事调护婚姻家庭，庇佑妇女儿童，深受岛民尊敬。

　　日影近午，尚不敢称饿，只是微微有些食欲耳。拜罢花粉娘娘，我一边往山下走，一边默念王建的《新嫁娘词》："三日入厨下，洗手作羹汤。未谙姑食性，先遣小姑尝。"转过两道石级，齐胸高的石墙后露出一户人家，转角处钉块小小木牌，上书黑漆小字：陈阿嬷餐饮店。

　　陈阿嬷笑声爽朗，满面天然，正在包鱼皮馄饨。远寻不如巧遇，在下这是怎样的口福啊！敲鱼面乃本岛声名远播的美食，可存放半年以上，因邮寄方便，即使远在千里之外，亦可得食。然而，鱼皮馄饨便大不相同了，是即包即食，非亲临海岛，不能得尝此味。

　　作为北方人，冬至食馄饨已成节令。在下东南西北乱走，各地五花八门的馄饨食过无数，品种不下数十，今日得见鱼皮馄饨，绝不能视为偶然。陆游《对食戏作》曰："春前腊后物华催，时伴儿曹把酒杯。蒸饼犹能十字裂，馄饨那得五般来。"他说的"五般馄饨",是个不常用的典故。《太平广记》讲"定数"的章节中有个小故事,说是有个叫李宗回的举子自洛阳西行,遇一同行客人自称有预见力,能"先知人饮馔"。春节将至,二人途经华阴县,县令为李宗回旧友。李宗回问客人:岁末人家备物丰盛,你看看明天在华阴县我们能吃到些什么好东西?客人拊掌深思:"大奇!与公各饮一盏椒葱酒,食五般馄饨,不得饭吃。"后边的故事很热闹也很喜剧,果如客人所言。

在下不敢枉称"一饮一啄,莫非前定"。但这是鱼皮馄饨啊!若不是本人慎独谨行,常怀善念,作为一个北方馋人,怎能让我在这海角之地,恰逢陈阿嬷正在敲打馄饨皮!这馄饨皮是剐取海鳗鱼肉,掺以少许番薯粉,敲打而成,然后包上鲜肉馅,一只只宛若白玉珥。煮熟的鱼皮馄饨,面皮半透明,内中隐约透出一抹辰砂红色。让我感觉好奇的是,禁渔时期,用来制作馄饨皮的海鳗从何处得来?陈阿嬷说,禁渔期间,只有本岛的非物质文化遗产"延绳钓船"可以出海。在下若迷信,这便又是异数了。

顺便说一句,此次令在下大快朵颐的海岛,名叫"玉环"。

豫　让　桥

　　前不久，我去山西寻访老陈醋，走到太原西南的赤桥村，和"豫让桥"撞了个正着。唐代张守节《史记正义》曰："汾桥下架水，在并州晋阳东一里"，所说的就是这座桥。读过《史记》的人，即使没读全"十二本纪"，但《刺客列传》是一定会专门挑出来读的，因为里边有中国最精彩的故事，为民间说唱和戏曲所传诵，早年间妇孺皆知。其中"豫让刺赵襄子"是我最喜爱的一篇。

　　豫让的故事具备了优秀故事原型应有的全部重要因素。首先我们看主人公豫让的身份，他是晋国权贵智伯的幕宾，曾亲口证实："至于智伯，国士遇我。"这也就意味着，"刺客"豫让并非职业刺客，而是曾被权贵礼遇的知识分子或有特殊才能的人物。所谓国士，《辞海》的解释最简单:"旧称一国杰出的人物。"至于"国士"这一身份的微妙与复杂,我们有机会再谈。

这个故事的背景本身就充满趣味性,智伯、韩、赵、魏四家权贵原本是同谋,族灭当权的范氏和中行氏,瓜分其封土,并驱逐了晋国国君。然后,四家内斗,势力最大的智伯被野心家赵襄子联合韩、魏两家击败并族灭。于是,韩赵魏三家瓜分晋国,胁迫周天子将他们晋封为新诸侯,这件事是春秋时代进入战国时代的重要标志。在这个故事里,赵襄子当然不会被刺杀,死的必定是豫让,结局读者早便知道,然而,故事怎样走向结局,豫让刺杀赵襄子过程中的戏剧性和强烈的感情抒发,才是故事真正的趣味。

因此,从故事开篇,由"知识分子"变身为"刺客"的豫让便背负着巨大的压力,而他的故事驱动力和行动目标,则是他要为已死且无后的智伯报仇,杀死赵襄子。在这一点上,豫让比"赵氏孤儿"中的程婴在前途上更无望,但这也就越发凸显了这个故事和主人公的伦理价值,此乃孔夫子所谓"知其不可为而为之"。

豫让为第一次刺杀行动做了充分的准备。在伦理上他先表明:"士为知己者死,女为悦己者容;今智伯知我,我必为报仇而死。"这段话中有两重意思:一、他的动机是报答智伯的知遇之恩；二、他自知必死，而且是自觉赴死。"春秋尚义"，豫让受到智伯"国士"的礼遇，在智伯被韩赵魏三家灭族分地之时，他依照"春秋之义"，本应战死或自尽报主。只是，他身边没有公孙杵臼那样的诤友，像责备程婴那样当面责备他"胡不死"，因此，他只能在赴死之前自己表明心迹，这是知识分子该当要做的事。"士为知己者死"是豫让清楚明确地向世人展示出来他的故事的第一层意义。

怎样看待豫让在细节上的准备，历来史学家颇有分歧。中华书局标点版《史记》的原文是：他"乃变名姓为刑人，入宫涂厕，中挟匕首，欲以刺襄子"。分歧在于断句，豫让前往刺杀赵襄子，改名换姓是必须的，"变名姓为刑人"的"为"，在这里是"充当"或"冒充"的意思，翻译成白话是"豫让改名换姓，冒充服刑的罪人"。但是，如果换一种断句方法，变成"乃变名姓，为刑人"，这里的"为"就成了内容丰富的行动，是动词。汉代桓宽《盐铁论·周秦》："春秋罪人无名号，谓之云盗，所以贱刑人而绝之人伦也。"依据此旁证，豫让的"为刑人"应该是自宫，让自己"变成为"绝人伦的刑人。

我属于看热闹不怕事大的那种读者，支持后一种观点,豫让的"为刑人"应该是"自宫以绝人伦",这是他为了行动成功押上的第一份风险价值。从塑造主人公的角度看,"为刑人"对读者的震撼力和感染力远远大于简单的"慷慨赴死"。让故事吸引读者的办法有许多,其中最有效的手段就是挫败和折磨主人公,在这方面,太史公司马迁可谓斫轮老手,他不会放过这么关键的戏剧因素。

豫让的第一次行动必然失败,同时还留给赵襄子一个自我塑造与自我宣传的机会。从《史记·赵世家》看,赵襄子像每一个野心家一样,有着过人的机敏和智力。在赵襄子抓获"涂厕"的豫让,并问明情由之后,他感叹道:"彼义人也,吾谨避之耳。且智伯亡无后,而其臣欲为报仇,此天下之贤人也。"赵襄子这两句话的核心只有一个,就是号召他自己的臣子向豫让学习,学他这种不计代价,无所图谋的忠和义。因为,"三家分晋"虽让赵襄子成为诸侯,但他毕竟是逐君裂土的逆臣,最为担心的就是臣下向他自己学习,为此,树立豫让为榜样,对他这个新诸侯有着无可估量的舆论价值和伦理价值。与此同时,他这番表演也将自己塑造成一个赏忠知义之君。

没有坏人的故事最难讲。豫让的故事里没有坏人,但有对抗人物赵襄子,因此,太史公在对赵襄子的塑造上,就不得不下许多功夫。然而，篡位之臣毕竟是个无法"正名"的污点，于是，在民间艺术中，赵襄子就必须成为反面人物。元杂剧中有杨锌的《忠义士豫让吞炭》，这是在外族统治下文人借戏剧反讽。

豫让的故事之所以称得上是"原型故事"，原因之一是它能够在主人公的挫折之中产生意义。第一次行刺失败，赵襄子"彰显忠义"，释放了豫让，于是他开始为第二次行刺做准备。"豫让又漆身为厉，吞炭为哑，使形状不可知，行乞于市。其妻不识也。"简言之，豫让是用毁容的方法化妆，以便再次接近赵襄子，这是他押上的更大的风险价值。这个时候，必须有一个次要人物出面，帮助豫让向读者说明他行动的逻辑关系和意义。于是一位友人认出他来，"泣曰：以子之才，委质而臣事襄子，襄子必近幸子。近幸子，乃为所欲，顾不易耶？何乃残身苦形，欲以求报襄子，不亦难乎！"也就是说，以豫让的"国士"之才，若投靠赵襄子为臣，必得宠幸，刺杀时更方便。豫让的回答：我若投靠赵襄子之后再刺杀他，"是怀二心以事其君也。且吾所为者极难耳！然所以为此者，是将以愧天下后世之为人臣怀二心以事其君者也"。

豫让的这句"是将以愧天下后世之为人臣怀二心以

事其君者也"，正是他的故事的第二重意义。因为他自然而然地将宾主之义和君臣之忠紧密结合在一起，日后的统治者和爱国者对这句话同样爱不释手，再搭配上这种警句的句式，足以助其流传后世。

1932年4月24日，京剧须生高庆奎在北京华乐戏院首演新编历史剧《豫让桥》，高庆奎饰豫让，范宝亭饰赵无邱，李慧琴饰豫让夫人姜氏，编剧则是著名的清逸居士。这出戏的演出时间是"九一八事变"之后，因日军侵占东三省，举国激愤，戏剧界人士率先行动，纷纷编演爱国剧。此时，清代八大铁帽子王之一的最后一代庄亲王，著名票友，号清逸居士的溥绪虽生活落魄，贫居北京，以编写京剧剧本为生，但他绝不肯追随溥仪前往伪满洲国。高庆奎与清逸居士合作，先后编写并演出传播忠义爱国思想的新戏，如《马陵道》《豫让桥》《赠绨袍》等。同时高庆奎又与著名花脸演员郝寿臣合作，演出《煤山恨》《史可法》等抗击侵略的爱国戏。其中《豫让桥》这出戏，它的思想核心之一，就是"是将以愧天下后世之为人臣怀二心以事其君者也"，借以指斥南京国民政府中的亲日派。

略微听过一点儿京剧的朋友，多半都曾听过名列京剧"三大贤"和"前四大须生"的高庆奎的录音，他最著名的剧目是"三斩一碰",还有《哭秦庭》《逍遥津》等。《豫让桥》没能成为他的代表作，具体原因我们只能猜测。高庆奎学艺经历复杂，除须生外，还能演武生、花脸和老旦。他的唱腔在"四大须生"中独树一帜，嗓音高亮，逢高便起，擅长"楼上楼"的唱法，演出绝不惜力。当然，这种唱法也毁嗓子，从他留下的唱片中我们可以听出，1929年高亭唱片公司录制的《逍遥津》中，他的嗓音直冲云天，而再听1933年百代公司录制的《史可法》和《煤山恨》时，他便再也唱不了那么高的腔调了。

《豫让桥》演出于1932年4月，高庆奎扮演的豫让前半段是须生，到豫让"涂厕"行刺失败，吞炭漆身之后，高庆奎便改为花脸扮演豫让。这种先后唱两个行当，唱念做打兼重的戏，著名须生演员中大约只有高庆奎敢尝试，但很显然，这种毁嗓子的戏他演出的场次不多，社会影响有限，因此，也就没能成为他的代表作。因此，我们今天既听不到《豫让桥》这出戏的唱片，也找不到剧本。据老一代人回忆，高庆奎当时以花脸粗豪的嗓音，在抗日情绪高涨的爱国观众面前，激情地用"吹腔"表达"智伯以国士待我，我故以国士报之"的强烈情感，那情景想想都令人神往。

豫让的第二次刺杀行动必然失败，这是常理，但不是戏剧高潮，故事的高潮是豫让与赵襄子在相互揣测与相互配合之间，表达出故事的第三重意义"忠臣有死名之义"。

当豫让从桥下现身，被武士持戈围困在桥头时，赵襄子与豫让先做了那番"至于智伯，国士遇我，我必以国士报之"的对话，由此再次强化豫让"忠义之士"的身份。这个铺垫对人物和故事都极为重要，因为到了这个时候，刺客豫让与目标赵襄子在两次尝试之后，虽未深入沟通却已达成了一个共识，就是用成全豫让就义的方式为赵襄子的新生诸侯国树立一个道德榜样。

于是"襄子喟然叹息且泣曰"，注意，赵襄子这是气从肺腑而出的长叹，是有声音效果的，并且他流泪了，这算是"哭戏"。他道："嗟乎豫子！子之为智伯，名既成矣，而寡人赦子，亦已足矣。子其自为计，寡人不复释子！"赵襄子的这段话有三重内容，第一，豫让你为智伯报仇所做的一切，已经成就了你的"义士之名"；第二，我已经赦免过你一次，这次不能再释放你了；第三，以你的"国士"之才，自己想想，你我之间该怎么办？赵襄子毕竟是统治者，所求甚奢，因此他传达给豫让的潜台词是：我已经成全了你生前的"义士之名"，再要想让我帮你成全"身后之名"，你该怎做？

豫让毕竟是国士级的知识分子，哪能听不出这等弦外之音，于是他道："臣闻明主不掩人之美，而忠臣有死名之义。"这里是关键，注意此处词语的变化，豫让的自我定位已从"士为知己者死"的"士"，变为"忠臣有死名之义"的"忠臣"。因为不放心赵襄子，他还在前边加了一句"限定语"，即"臣闻明君不掩人之美"，也就是说，我今天作为"忠臣"死在这里，你不但不能污我名声，还得像个明君一样替我扬名。这场戏，两个人分明是在谈条件，但每句话都是漂亮的警句式样。读到此处不得不说，读《史记》我总是不由得赞叹古人擅言语，钦佩太史公的台词高明。

文章写到此处，我不由得自省，如此揣测古人的机心，我会不会是在"解构"豫让的"君子之义"？细一想，我并没有解构，只是对文本呈现的内容进行了深层次分析。虽然得出的结论让"义士"和"明君"的功利心毕现，但这一点也恰恰就是春秋时代与战国时代在伦理标准上的分野，"义"在此刻已不再是唯一的道德准绳。

接下来，豫让先捧了赵襄子两句，"前君已宽赦臣，天下莫不称君之贤"，注意，此时豫让已经与赵襄子君臣相称了，这是这个故事的第四重意义，是以战国时代的功利主义替代了春秋时代"义者,宜也"的道德理想。然后豫让提出了自己配合赵襄子演出的方案,进一步展示他"国士"的高才。他道:"今日之事,臣固伏诛,然愿请君之衣而击之,焉以至报仇之意,则虽死不恨。"读到此处,我便知道智伯为什么会将豫让奉为"国士"了。智伯是个傲慢自高的权臣,如前所见,豫让恭维贵人的时候,言语可谓<u>丝丝</u><u>入扣</u>,而就在这精妙的恭维之间,他又将自己的要求适时地合理化。如此高人,怎能不称智伯之心!

接下来豫让对自己的要求又补了一句:"非所敢望也,敢布腹心!"这句话绝不是字面意思的谦卑,因为这是当时表示谦逊的日常用语,同时,这也是豫让最后一次敲钉转脚。赵襄子此时必定"龙心大悦",因为豫让对这出戏的把握和发挥远远超出了他的期望。"于是襄子大义之,乃使使持衣与豫让。"下边就是"动作戏"了,"豫让拔剑三跃而击之"。这场戏一定很好看,豫让被众武士持戈围困在桥头,他拔出长剑,三次高高跃起,猛击赵襄子的外衣。动作戏过后,豫让字字清晰地用最后一句话为自己的"义士"身份定位:"吾可以下报智伯矣",他这是在效仿赵襄子祖先的恩人程婴的话语,可谓直指赵襄子之心。然后,豫让"遂伏剑自杀",因为,如果他没有选择自杀,而是像《水浒传》里的英雄似的，因气味相投，便跟随赵襄子去了，这便违背了他"忠臣有死名之义"的追求，他的故事也就不会传诵至今了。

豫让的故事，最大的赢家当然是赵襄子，因为，豫让"死之日，赵国志士闻之，皆为涕泣"，于是，逐君裂国的逆臣赵襄子在取得了诸侯的地位之后，又借着豫让的榜样，一举收取了"赵国志士"之心。

这篇短文写完，我的心情很不愉快，因为我更享受评书中和戏台上的豫让带给我的"大义"和情感冲击。然而，历史文本"考古"就是这样，得出的结论与我们最初的感受常常相悖。我从不认为春秋时代的道德水准比战国时代高，但道德尺度和伦理评判有时代差异是一定的，因此，在"义"的高度上，豫让的"忠臣有死名之义"，就远不如"赵氏孤儿"中程婴"我将下报赵宣孟与公孙杵臼"的"以死自证"来得高洁。即便如此，像豫让这样的义士在后来历史上也少之又少了，时代进步，人心日趋功利，也许真的有其必然性。

重读《多余的话》

"严格地讲,不论我自由不自由,你们早就有权利认为我也是叛徒的一种。如果不幸而我没有机会告诉你们我的最坦白最真实的态度而骤然死了,那你们也许还把我当一个共产主义的烈士。"这是一段令人触目惊心的话语,不论是在当时,还是现在。它出自瞿秋白《多余的话》,写完这篇文字之后的第二十五天,他便被枪杀了,终年三十六岁。

此前我曾两次读过这篇文章。第一次读的是片断,那是二十世纪七十年代中期,唐山大地震前几个月,我十五岁。瞿秋白这个名字,我是从广播中听到的,知道他是在狱中写下的这些话语,是"一个叛徒的自白"。因为在此前后我还在广播中多次听到过罗莎·卢森堡的《狱中书简》,

其中有一段关于晚霞的描绘令我印象深刻，便留心记住了瞿秋白这个名字，想看看他怎么描写牢狱窗外的景物。后来，记不清是在报纸上，还是什么地方，多半应该是在《活页文选》上看到了这篇文章的选段，上边没有任何景物描写，有的只是触目惊心的坦白，给我的感觉是，这个"叛徒"必定是疯了，居然招供得如此大胆。

第二次读这篇文字，是在1982年，我上大学二年级的时候。教党史课的老师为了将学生拴在教室，便抛开枯燥的课本，大讲"党史故事"，由此我才得知共产国际对中国革命的资助，得知中共"特科"，得知顾顺章化名在武汉表演魔术……也许这位老师当真有先见之明，好像他知道"中国革命史"在二十年后会成为我的"文学资源"一样，便在私下交谈中很随意地指点我，"你可以读一读瞿秋白的《多余的话》，至于他的其他文章，不读也罢"。

只是，当时瞿秋白才刚刚被"平反"不久，《多余的话》还没有收入他的文集。也是这位老师，将他自己收藏的文本借给我——那个时候，老师唯恐学生不成器，甚至为此不遗余力。然而，这篇文章给我的印象却非常不好，我当时觉得，这是一个弱软得无可救药的人在想尽一切办法赚取他人的同情。

到我开始研究中国革命史的时候,对瞿秋白的印象自然改观了,了解到他在将马克思和列宁的思想引进中国的过程中起到的重要作用,知道他是中国共产党早期的领导人,知道了他的生平事迹,但我一直也没有再读一遍《多余的话》。

今年七月下旬,我到红都瑞金深入生活,当年中央苏区的生活给我留下了深刻的印象。我也到了福建的长汀,一方面是了解当年"红色小上海"的经济状况,同时也顺便凭吊瞿秋白的关押处和就义处。

回家之后,关于红色瑞金需要做的研究工作有很多,但瞿秋白的事却一直萦绕在心头,挥之不去,于是便将《多余的话》找来重读,方才发现,不单是我个人,甚至整个历史都误解了这位了不起的人物。

其实,要理解瞿秋白这个人,最重要的一点,就是要理解他为什么一定要自称为"叛徒"。他说:"虽然我现在很容易装腔作势慷慨激昂地死,可是我不敢这样做。历史是不能够,也不应当欺骗的。我骗着我一个人的身后虚名不要紧,叫革命同志误认叛徒为烈士却是大大不应该的。所以虽反正是一死,同样是结束我的生命,而我决不愿意冒充烈士而死。"

他承认自己在主持中共中央工作的时候，犯有"路线错误"，但他从未在行动上背叛过党组织。然而，他却发觉自己在思想上，在内心深处与政治生活疏离了，是那种自觉的，随波逐流的疏离，他认为这也是一种"背叛"。

他的这种结论，来自于中国知识分子的"自省传统"。我们"日三省乎吾身"，我们"慎独"，其目的，就是要不做任何掩饰地剖析自己，将自己最真切的思想剖析给自己看。

瞿秋白在最后的日子里，清楚地知道自己必无生路，即使没有被国民党政府枪杀，他的病体和忧郁的性格也必定会杀死他，于是他决定将"自省"坦白地写下来，不矫饰，不自辩，也没有哀叹。我不想赞美《多余的话》有多么优美，因为它根本就毫无文采。我也不想赞美瞿秋白的所为是"君子坦荡荡"，不是的，《多余的话》没有这种豪情，它只是一个心灰意冷之人的自我陈述，是彻底的放弃，连些像样的遗憾都没有。

他为什么要如此？中国文人向来不都是"文足以委过，智足以饰非"的吗？政治动物更是如此。几千年的历史上，从来没有一篇文字会像这个样子将自己撕扯得鲜血淋漓，他为什么要如此？这就是这篇文字让我感觉沉痛，感觉心中滴血的东西。

我认为，至今我也没有完全读懂这篇文字。我觉得，瞿秋白此时已经完全放弃了，不论是政治生活，还是个人生活，他都已放弃，甚至他对于自己的理想也不再坚持。那他为什么写下这么一篇文字？想告诉世人什么？

　　以我个人的理解，我觉得，瞿秋白在写这篇文字的时候，做到了中国文人的"纯粹"，在一无所求的状态下，他将自己撕裂开来给世人看。于是他说："现在我丢掉了最后一层假面具。你们应当祝贺我。我去休息了，永久去休息了，你们更应当祝贺我。"

　　虽然他并不坚定地相信，这篇文字会不会有人看到，但是，文人写下文字就是为了给别人看的，这一点存在于潜意识当中。所以我认为，他这样做的另外一个目的，是想提供一个范例。在中共党史上，像瞿秋白这样的同志很多，有着近似的经历，近似的思想，近似的道德，甚至近似的性格。他自己在工作中犯过错误，给党组织带来过巨大的损失，而同志们对他的批评，有些一针见血，有些则纯属误解。他如今即将死去，有机会毫不掩饰地剖析自己，于是他便剖析来给同志们看，让与他相似的同志能够借此避免他的错误，让批判他的同志在批判其他同志时能有所宽容和理解。他这是挤压出自己最后的一点点残余价值,以求有益于他人,是最纯粹的中国式的悲悯和慷慨。

这也许是他自觉为理想做出的最后的贡献了,于是他说:"永别了,亲爱的同志们!——这是我最后叫你们'同志'的一次。我是不配再叫你们'同志'的了。告诉你们:我实质上离开了你们的队伍好久了。"

1935年6月18日,瞿秋白临刑之时,刑者问他有什么未了之事要交代。他说我还有一首诗没录出,便回到囚室,取笔书诗并序:1935年6月17日,梦行小径中,夕阳明灭,寒流幽咽,如置仙境。瞿日读唐人诗,忽见"夕阳明灭乱山中"句,因集句得《偶成》一首:夕阳明灭乱山中,落叶寒泉听不穷;已忍伶俜十年事,心持半偈万缘空。秋白绝笔六月十八日。

他的《多余的话》最后两句是这样写的:"中国的豆腐也是很好吃的东西,世界第一。永别了!"然而,我却久久不能忘却他深藏在文章中的另外一句话:可惜的是,人家往往把我的坦白当作"客气"或者"狡猾"。

寻　粿　记

在下是位"馋人"，喜爱美味，有关这一点毫无谦逊的必要。我出行向来自命为"中华美食行"，游览山水名胜只为消食，这一点也不必谦虚。无论古今中外，馋人出行大体分为两类，一类是有总体目标的"遍食"，一类是有单项目标的"专食"，我属于后者。这次潮汕之行，我期待甚久，源起于三十年前在《中国烹饪》杂志上读到一篇文章，作者忘记了，应该是位粤籍大名家，只记得文中谈到潮汕民俗"出花园"，以及潮汕地区的一种米粉制成的食品"粿"（音果）。为此我大起好奇之心，直至今日。如今我几乎遍尝北方面食和西南的糍粑、米豆腐之类的米粉制品，是时候做一次"寻粿之旅"了。

揭阳潮汕国际机场航班不多，我从天津乘高铁半小时到北京南站，换乘地铁和机场快轨躲避北京驰名寰宇的地面交通拥堵，从首都机场起飞，三小时在揭阳机场降落，最后乘汽车一小时到达汕头，不可不谓快捷方便。作为年过五十岁、对记忆力开始不再自信的男人，我发明了一个自娱自乐的小游戏，就是不去过度依赖资料检索，而是努力回想那些自以为早已忘记的东西，特别是细枝末节，也算是预防老年痴呆的偏方。于是我戴上眼罩，利用飞行时间，静观反照，调动六层大脑皮层中上千亿的神经元，让难以计数的锥体形细胞、梭形细胞和星形细胞蠕动、冲撞、跳跃，努力搜寻有关"粿"的相关内容。为此我不禁暗笑，或许此刻我脑中发射出的强大的"δ"（德尔塔）脑电波已经将邻座乘客催眠了。我是北方人，对南方风俗的记忆极为困难，于深度睡眠中，大脑中最先浮现的是床，然后是七月初七天河配，红色鲜花，"出花园"三个字，容易读错的"粿"字，男女少年，鹅卵石，"床神"……关键词来了，"公婆母"，专门护理儿童的床神，他或她是谁？然后一只粗瓷大碗出现在床下。这是泛神论，一位潮汕地区的女子，进宫给太子当乳母，因皇帝突然出现，她躲在床下惊惧而亡的那天恰是七月初七，于是被推崇为床神，即潮汕地区的"公婆母"……咖啡的香味，小儿七月初七祭公婆母,祭品有米饭、菜肴,还有"粿"。原来粿是祭品!就在此时,我被咖啡的味道唤醒,乘务员送饮料来了。到汕头后,我根据"出花园"和粿的片断记忆查找资料,证明这些线索都很有用处。

粿之所以作为供品,源自于它耗时费力,泡米磨浆蒸制等几道工序尚只能制成半成品。其实潮汕菜的总体要求都一样,原料、制作、调味,没有一个环节可以省时省力,单一道"老菜脯白粥",便足以让以简单快捷为要的美国快餐业专家疯掉。幸运的是,在潮汕地区,粿作为地方饮食文化的标志品种之一,被很好地保留下来,并使之得以日常化、大众化。

当晚,我开始"寻粿之旅"。粿是半主食类小吃,我需要先买下酒菜,潮汕名品卤鹅是要的,皮色赭红的带骨鹅肉斩件,配上蘸料蒜头醋打包。汕头旧城区不大,步行采买中意食物恰好可以振奋都市人慵懒的胃纳。西天巷的蚝烙,传说中的小名产。广东人说的蚝,就是莫泊桑的小说《我的叔叔于勒》中的牡蛎,而蚝烙则是当今名气甚大的台湾小吃"蚵仔煎"的表亲。有这两道菜在手,我便去步行寻找"永和街口炒粿"。资料中说它最早只是个摊子,如今店铺也不大,人却很多。我找个座头坐下,拼桌同食的是一对比我年长十来岁的东北夫妇。我没有点潮汕人在南洋发明，又随同"侨批"(私人汇票)一起传回中国的"沙茶炒粿条"，而是点了一份最为传统单纯的"炒粿"，和一盏汤食"护国菜"。

我第一次体会出米粉食物的真切味道，是在贵州品尝米豆腐，于爽滑脆嫩之中品味出大米清远、幽香的滋味。炒粿则是将半寸厚蒸熟的粿饼切成三角块，下油锅连煎带炒，烹甜酱油，撒花生碎出锅。因为用油多，白色粿块上酱油的红色斑斑点点，与淡金色的花生碎相间杂，可谓斑驳陆离。粿块入口，最初是甜酱油咸中带甜的滋味，咬破粿块，外韧内软。咀嚼中，粿块被煎焦的边角与花生碎带来更丰富的口感。然后，米香出现了，不是泰国长粒香米的气息，也不是盘锦大洼县蟹田稻米的香气，而是干干净净、朴实的米香，是粳米。《红楼梦》第八回"比通灵金莺微露意，探宝钗黛玉半含酸"中，薛姨妈留宝玉在家吃酒，怕他醉了，"作酸笋鸡皮汤，宝玉痛喝了两碗，吃了半碗碧粳粥"。说的就是粳米粥。四十年前的计划经济时期，我曾将购粮本紧紧攥在手心里，去粮店购买粳米，每人每月二斤，是那种久经战备存储，只比籼米稍微可口一点儿的陈年老米，每市斤售价一毛四分七，此事不堪回首。我面前这盘炒粿用的米，应该是本地生产的好粳米。同桌的东北先生感叹：好想念这味道。我问：您来过此地？他说：我在汕头出生，父母随"四野"南下，驻扎在南澳岛，我上初中时随父母退伍回辽阳老家，五十年没回来，但还记得这味道。他的话我赞同，味蕾的记忆远比大脑的记忆深刻且强烈。

当晚的护国菜也很好。我曾在潮汕菜谱中读到过，护国菜的主料是番薯叶。本地传说，南宋少帝赵昺(音丙)逃亡至潮州，夜宿山寺，僧人无物供奉，便将番薯叶焯水去涩，制成羹汤以充御膳，使少帝得以疗饥，于是这道汤菜便被称为"护国菜"传了下来。全国类似的传说很多，如安徽寿县的"大救驾"(甜馅糕点)和云南腾冲的"大救驾"(炒饵块)，以及满族的"饭包"等，此类传说乃民间趣味，深究无益，独特的食物被保留下来才最重要。我第一次食番薯叶应该是在江西，熟油清炒，口感细嫩，清香满口，一下子便喜欢上了。这次在汕头食用的护国菜不是传统的高汤、鸡茸和番薯叶细丝烹制的高档菜肴，而是粥品。这碗粥是将番薯叶磨成泥，与米粥混合，蟹腿肉调味，味道鲜咸，色泽浓翠，美观又美味。潮汕粥品甲天下，果然名下无虚。

日后的行程中，我专门参观了汕头非物质文化遗产展览馆，展品中有满满一竹笸各色"粿"品，其中有前两天我品尝过的"鸭母捻",是由冬至日祭祖的供品"粉团"演变而来,糯米面皮粉白,形状前尖后圆,豇豆甜馅,于汤碗中载沉载浮,确有几分鸭形。农历十月十五,本地要祭祀"五谷母",即五谷神,祭品是人形的五谷母粿和猪形的"大猪粿",我这次也尝到了,粿品形状着实可爱,甜馅是芋泥,咸馅为芹菜。以本人食量,两只管饱,加一碗生滚鱼片粥,便只能施施然鼓腹而游了。从竹箩中的粿品看,我尚未品尝到的有清明节祭品朴籽粿、止咳解毒的鼠曲粿、出花园的吉祥物红桃粿和石榴粿,以及腊月祭灶神的"糯米糍"等等,展览馆讲解员却笑称:本地粿品大大小小几十种,有的品种只存在于一乡一镇,有的只有特殊时令才有,您若想尝全,怕是得住一年。然而,对于馋人来讲,我毫不气馁,觅食不如巧遇,一次不成,正是下次来访的理由。

午前乘车经南澳大桥来到南澳岛,环岛公路修得很好,林木葳蕤,景致颇佳。建在北回归线上的自然之门壮观得体,意象深重,是难得的现代景观雕塑佳品。我坐在自然之门的台阶上向南望去,青澳湾的沙滩宛转窄长,是淡淡的炒米色,岛南则是出土大量明代青花瓷器的"南澳一号"打捞点。我剥开一只南澳岛的特产芭蕉,成熟得恰到好处,蕉皮弹性十足,咬一口果肉,发现芭蕉果肉外白内黄,黑色的种子星星点点汇聚于中心。啊,这芭蕉的口感居然滑脆,甜度低,酸味恰好开胃,香气于口腔中弥散,又于鼻腔中呼出。于是我饿了,迫不及待地想吃南澳渔民的传统民间食物"鱼饭"。

美食旅行属于文化旅行的一个分支,上至古代先贤,下至升斗小民,皆可行之。当今盛行旅游,无论贫富,给自己的旅行选个美食小目标,总是增添乐趣的雅事。常言道,"天下没有不散的筵席",同样,天下也没有永不结束的美食行。在汕头美食四日,到了该回家的时候了,然后明年再来。幸运的是,航班在中午,我还能吃一顿早餐。"粿汁"、菜头粿、卤肉,我来啦!

云峰寺问疑

　　我对雅安市荥经县的云峰寺了解不多。来此之前,只听说是临济宗的禅院,住持大和尚禅净兼修,办过十几期禅修班,不收取任何费用,且遵循临济宗的高峻古法,止语、坐禅、棒喝一样不少。临济宗的祖庭我曾去过,是河北正定的临济寺,庙宇已经印象模糊,只记得开宗的义玄和尚是个有趣的人物,机锋雅俗兼具,参禅拳打脚踢,尤其擅"喝"。他说:"有时一喝如金刚王宝剑,有时一喝如踞地狮子,有时一喝如探竿影草,有时一喝不作一喝用。"因为形容得有趣,便很想听听他到底怎样"喝"。

　　云峰寺有两座山门,一座长阶,一座短级,都是好景致。如今只开放一座, 长长的石级间筑了座青石牌坊,中间门楣上书"西蜀名刹",左右两道门楣上是"为政以德"和

"事国以忠"。史学家们在"禅宗是汉化佛教"这一点上争议不大，所争议的往往是禅宗的世俗化问题。佛教讲求"无差别"，牌坊左右两道门楣上的"口号"，其实也可以当作机锋来看，在世间如果连"忠德"二字都不肯施行，怕是棒喝都打不醒，更不必剖心见性地参禅了。

说到棒喝，我不由得联想起义玄老和尚。义玄开悟之前跟随别号"黄檗"的希运禅师学习，洒扫三年后被人指引去问佛法大义，黄檗闻问举棒便打，如是者三。不久黄檗指引义玄去问大愚禅师。义玄对大愚讲述被打之事，不知自己是否有过错。"愚曰：黄檗与么老婆心切，为汝得彻困，更来这里问有过无过？"(《五灯会元》)禅宗公案多是当时的口语和方言，所以才容易被认为不够高雅。大愚这话翻译成现代汉语就是："黄檗对你像个老太婆那么热心，累得不行了，你还问自己有没有过错？"义玄思想前事，再及目下，一下子便彻悟了，于是感叹："原来黄檗也没掌握多少佛法。"大愚闻言一把揪住义玄的衣服："方才还问有过无过，这会儿又说黄檗没多少佛法，你悟到什么了，快告诉我，快说。"义玄照着大愚的肋下给了他三拳，便是将自己悟到的禅机传达给了对方。回到老师面前述说此事，黄檗说："大愚那老家伙多嘴多舌，下次见面必痛打之。"义玄道："别等下次了。"上去便给了他老师一巴掌。这段满是粗俗俚语，揎袍捋袖，文武带打的公案，我每次读及，都会开怀大笑。禅宗这种教外别传，人类历史上只此一家，即便不是为了学禅，当故事看也是最高级的台词，看到得趣之处，别有收获，也未可知。

进了山门往里走，云峰寺倚山而建，可谓步步高升。禅院极静，只闻鸟鸣，还有偶尔传来击磬的声音，应该是有人在大殿中行礼。禅房外悬挂有木质"告示"，明示：云峰寺不收食宿费，不设功德箱，不收门票，不得带酒肉入寺，不燃高香。

大殿各处悬挂的牌匾，有不少是与"作狮子吼"相关的内容，这便是禅宗中的"喝"了。前边说的黄檗禅师的老师百丈怀海禅师年轻时参访马祖道一禅师时，便被马祖大喝一声，耳聋三日。这"喝"与"棒打"一样，掌握的是契机，拿捏的是分寸，否则，吼哑了嗓子，打破了头，也是无用。至于这"棒喝"的契机、分寸在哪里？在下不知。只听说，在云峰寺的禅修班里做功课，是棒喝兼行的。《临济义玄禅师语录》中记载，义玄问乐普（也作洛浦）："来了两个人，一个擅棒，一个擅喝，你觉得哪个亲近些？"乐普："哪个都不亲近。"义玄："必须得亲近一个呢？"于是，乐普抢了义玄最擅长的"喝",大吼一声,而义玄则举手便打。这段公案到底是什么意思?反正我是参不透。这种后现代主义哲学喜欢的课题,并非在下的长处,其实后现代主义哲学是以语言学为基础,他们也未必能解决得了这类难题。然而,人类文化历史中,凡属难题,都极具趣味性。不论是禅宗公案,还是诸子百家,闲来读上几句,总比让网络上的垃圾信息害眼要受益些。

此次探访云峰山,我原是带着满腹疑问而来,佛家称此类疑问为"迷",简单说就是现代社会人们的全部身心负累和不明白。今天恰好是高级禅修班出关的日子,住持大和尚为学员们做完总结,便请我们进去吃茶。我虽疑问满腹,但只问了一个问题。我问:"五千年来生活的本质从来没有发生变化……禅宗是不是汉文化传统给自己开的药方,所谓对症下药?"住持大和尚没有正面回答,只是说:"你现在看到的善恶都是假相,是假善假恶……请茶。"不知住持大和尚这番话是否算是"喝",在下保证,绝没有顿悟。然而,经此一问一答,在下对于"透过现象看本质"这句老生常谈,却有了些许新鲜看法,可谓此行不虚。

豫中多胜境

带着折纸去旅行,在下对国内一些省份略有偏爱,这也是人之常情。东南三省浙闽粤,山珍海错,好吃。西南三省黔桂滇,偏僻处常有惊喜。西北晋陕当然是文化大省,佳处不可胜数。然而,如果是文化旅行,我对河南省会更偏爱一些。

这一次探访焦作、开封、洛阳三地,匆匆而行,不论是城市风貌,还是对历史文化的保护与发掘,都比我二十年前初次探访要发达了很多。云台山、少林寺、龙门石窟这些旅游胜地,前人记述颇多,就不多言了,反正这是那种一生不到一次便觉可惜的好地方。开封的清明上河园与实景演出,还有洛阳的仿唐街市,特别是复原了武则天时期的明堂与天堂,全都大有可观之处。以上诸处胜景,都是旅游热门景点，乃旅行社必定安排的路线。在下旅行，喜欢搜奇探隐，于此在河南省数百处小众旅行目的地中，选取一处，略谈观感。

得知洛阳有个"千唐志斋"，是在下研究民国生活史时，从于右任的史料中偶然看到一笔，于是循迹找到"千唐志斋"的主人张钫。今天，我们乘火车到河南洛阳新安站，换乘"新安3路"公交车，半个多小时便可到访此地。

这是座静谧得让人肃然起敬的花园，乃中国最独特的博物馆之一，是一座由私人建造，全部用来收藏墓志铭的博物馆。也许因为墓志铭属于阳春白雪一类文物，踏进这座花园的人，多半抱有相当明确的目的，或是为了古人扑朔迷离的生平，或是为了唐人的美妙书法。

张钫是早期的同盟会会员，策动过陕西新军起义，护法运动中任陕西靖国军副总司令。其一生热爱金石字画，与当时的名家于右任、章炳麟、康有为等人交往密切。二十世纪三十年代初，他出任河南省代主席，以及民政、建设厅厅长时，发现大批墓志铭散落民间，损毁严重。这些墓志在当时算不上是古董，少人关注，于是，他在友人的帮助、鼓励之下，运用他的地位、财势，从1931年起，在河南境内广泛搜罗墓志石刻，运回故乡洛阳铁门镇。当时，与张钫共同搜集志石的还有他的好友于右任。两人约定，凡得魏志归于右任所有，得唐志尽属张钫。这使张钫平生之好大偿所愿，同时也成就了一番君子之交的佳话。

张钫将自家的花园命名为"蛰庐"，1935 年前后，他在蛰庐西偶辟地建斋，将搜集到的大部分志石镶嵌在十五孔窑洞的内壁和三个天井的墙壁上。未镶嵌的志石，除抗战时捐赠陕西省博物馆数百块之外，其余大多散失了。如今，千唐志斋中保存的志石共有一千四百多件，其中唐志便有一千一百八十五件。于此我们可以说，张钫对唐志的偏爱，收集的唐志之丰富，可谓天下第一人。

旅行如读书，目的地固然重要，而更重要的则是"拓展阅读"。千唐志斋是在下最喜欢的那种朴素的博物馆，阅读一块块志石，唐人书法之高妙自不必说，更有趣的是，据说唐代墓志的书写，许多是直接写在石头上，由石匠依书刻字，而不是像碑文那样，磨石书丹，修饰得毫无破绽，再由工匠勒石。或许是因为，这些志石深埋于墓道之中，不似碑刻那般昭昭于天下，书写天然，亦无大妨。然而，正是因为这天然之书，不单为后人留下自然率真的书法，也保存了许多"禁忌"。例如，武则天"周革唐命"，奸臣宗秦客"改造天地等十二字以献"，后来又有大臣多次谄献新字，至于武周一朝到底造了多少新字，由于纸质书籍和地面碑刻多半因忌讳而毁，最终，史学家们依据千唐志斋保存的一百五十四块武周时期的志石，方才考证确认，新造之字共有十八个。

千唐志斋嵌在墙壁上的这一千多块志石，曾经是活生生的一千多位历史人物。循墙览读，会发现这些墓志主人中，有位高权重的相国、太尉，有地方长官刺史、太守，有雄踞一方的藩镇军阀，有官卑职微的尉丞曹参，也有名流处士、道长禅师。还有深锁内宫，凄凉一生，死后不知姓名、籍贯的宫女。这些墓志记载着形形色色人物的曲折经历，内容之丰富，令人叹为观止。

例如这位长孙仁先生，字安世，北魏皇族支系，长孙无忌和长孙皇后的嫡亲堂兄。隋大业九年，杨玄感在黎阳率十万大军起兵反隋，浩浩荡荡进军洛阳，被这位长孙仁镇压于三崤。几十万人的大厮杀，尸横蔽野，血流漂橹，只化作一块志石，成为长孙仁深埋墓中的荣耀。也正由此战，揭开了隋末天下溃乱，大唐龙兴的序幕。

再看这位屈突通先生的墓志。隋大业十四年，隋炀帝一路荒唐，死在扬州，于是群雄并起，其中王世充势力最盛，在洛阳称帝，国号"郑"，成为一方霸主。屈突通追随李世民兵围洛阳，这场苦战空前惨烈。平定王世充，为大唐建国扫除了最大的障碍，屈突通论功第一，成为凌烟阁二十四功臣之一。然而，从志石中我们也能看到，屈突通兵围洛阳之时，城中粮尽，百姓易子而食，骨肉不能相救。这便是"青史"。

历史并不仅仅属于男人，千唐志斋中有不少女人的墓志，我们看看这块《银青光禄大夫行太子右谕德钟绍京妻唐故越阑夫人许氏蘷志铭并序》。喜欢书法的人多半知道中国书法史上的"大钟小钟"，"大钟"为曹魏时期的书法家钟繇，与书圣王羲之并称"钟王"，被后世尊称为"楷书鼻祖"。而"小钟"则是这位钟氏子孙，唐代大书家钟绍京。他对后世影响至深，董其昌曾说："绍京书遁甲神经，笔法精妙，回腕藏锋，得子敬（王献之）神髓，赵文敏（赵孟頫）正书实祖之。"（《画禅室随笔》）还有人推崇他为中国古代"榜书"第一人，武周一朝，明堂、九鼎，以及中书门下诸省官衙的门榜，均由他所题写。如今他的大字榜书是见不到了，但仍然可以买到他的《灵飞经》小楷字帖。

有关他的夫人许氏，《资治通鉴》卷二百九有一段记载。那是韦皇后毒杀亲夫中宗皇帝之后，临淄王李隆基发动"唐隆政变"，诛除韦氏，扶持睿宗皇帝登基的史事。此乃武则天之后，大唐王朝最为关键的历史转折点，如果失败，便不会出现日后的"开元天宝盛世"。这次政变的关键人物之一，便是钟绍京，他当时担任宫苑总监，与李隆基同谋，不想，当李隆基仅仅率领几百人潜入宫苑，即将面对数万禁军与府兵发动政变时，钟绍京犹豫了，动摇了，躲在衙署中不肯出见。没有他的支持，李隆基便无法以宫苑为营，向南攻击西京长安的玄武门。就在这个时候，许氏夫人对丈夫钟绍京言道："忘身殉国，神必助之。且同谋素定，今虽不行，庸得免乎？"所谓"家有贤妻，夫不招祸"，许氏夫人这几句话，既直指人心，又说理周全。她这段话的意思至少有三层，其一，为臣者怀有为国而死之心，则必得神明佑护，或许可以因此而不死；其二，卿既已与李隆基同谋，"谋大逆"之罪是逃不掉的，就算临阵脱逃，事情不论成败，其罪难免，倒不如追随李隆基，拼死一搏；其三，这层意思并没有反映在字面上，而是严厉的话外之意，她的意思是：卿为臣为友，谋而不忠，枉为人也。

正是在许氏夫人的激励之下，"绍京乃趋出拜谒，隆基执其手与坐"，"绍京帅丁匠二百余人，执斧锯以从"，追随李隆基攻打玄武门。于是，大唐朝得救了，钟绍京也因此立了大功，一生深受唐玄宗李隆基眷顾，寿及八十。许氏夫人的志石，书于唐开元十八年九月九日，时年钟绍京七十一岁。

历史不单单属于风云人物，并非只有屠城掠地的悍将，或是权谲诡变之名臣才值得后人凭吊，也并非只有改朝换代的壮举才可为人遗怀。从这些冷静得让人肃然起敬的志石间，我们还可以找到真正的、属于平民的历史，属于他们个人的可感、可泣的故事。

看看《大燕圣武观故女道士马凌虚墓志铭》。这块志石很不起眼，但它埋葬的却是一位风华绝代的美人，一个才华出众的女道士马凌虚。她擅七盘长袖之舞，能歌三日遗音之妙，声誉广播大唐东西两京。就是这样一个女子，在安禄山的军队攻入洛阳时，落入安禄山的大幕僚独孤问俗之手，然后，她去世了，只有二十三岁。安禄山大燕朝的伪官，独孤问俗的同僚，刑部侍郎李史鱼为她撰写墓志铭，布衣刘太和书写志石。面对这块志石，让人不由得悬想，这会是怎样的一部传奇故事。大唐朝盛极而衰，乱臣贼子刀兵四起，唐玄宗被迫在马嵬坡勒死杨玉环，而这位美丽的女道士马凌虚，则在安禄山攻占东都洛阳之后，遇到了两个身居伪官高位的男人。关于她的死因，关于独孤问俗和李史鱼到底是忠臣还是叛臣，全部深深地凝结在这块志石之内，没有叙事，没有评说，只有李史鱼在志文中的"私美"和遮遮掩掩。"惟此淑人兮秾华如春，岂与兹殊色兮而夺兹芳辰？为巫山之云兮，为洛川之神兮？余不知其所之，将欲问诸苍旻。"实话实说，李史鱼这最后几句感叹，应该是注入了真切的感伤。马凌虚的人生故事，从此成谜。

千唐志斋主人张钫的书房前有一副对联："泥丸欲封紫气犹存关令尹，凿坯可乐霸亭谁识故将军。"这是康有为游陕过豫时，在蛰庐小住，为张钫所书。上联康先生自比西出函谷关的老子，下联赞张钫如汉代飞将军李广。康先生一向以圣人自况原无可厚非，但这种相互吹捧的滥辞似是与张钫搜求唐志的初衷并不相干。我们理当敬重张钫先生这样的有识之士，于是，他手书的两句话便格外显得有分量："谁非过客？花是主人。"因为，当我们面对一千多位古人的墓志时，谁也不会再妄称为主人了。

古人在祝福子孙的时候常道："愿尔生于盛世。"今天，我们不单单向往盛世的安乐，我们也希望生活在一个"青史的时代"。有青史可书，人便不敢过分作恶了！

一条直气说贯休

出门旅行的妙处之一，便是常遇故人。前不久我到浙江省丽水市遂昌县，就是汤显祖盛年辞官，决定回家创作《牡丹亭》的那个偏僻之地，如今通了高速公路，未曾被污染的种种美好便显露出来。出县城不远，有座不起眼的小山，名叫唐山，我在这里遇到的故人是晚唐著名诗僧贯休。

记得三十年前，我在大学读到贯休的诗《题某公宅》，印象极为深刻。贯休诗曰：宅成天下借图看（抄袭著名建筑设计），始笑平生眼力悭（惊叹权势钱财能让人做事多么出格）……只恐中原方鼎沸（李唐王朝灭亡前夕，中原大乱），天心未遣主人闲（老天爷给了你积累财富建造豪宅的时间，却没给你享受豪宅的机会，黄巢的造反大军和随后的钱镠、董昌等军阀混战，尽毁江南富贵之家）。

《益州名画录》说，贯休"善草书图画，时人比诸怀素，画师阎立本。"当时我却想，贯休这老和尚，将这种"骂闲街"的诗题写在人家新豪宅的粉墙上，不论你的狂草多么花俏，诗多么机智，都是不通人情的倚老卖老。然而，如今对贯休有些了解之后，反倒同情起他来。他这一辈子不容易，天生一个敏捷机智的脑袋，赶上一个"坏"时代，居然高寿不夭，好讽刺人也就难免了。《唐才子传》评价贯休"一条直气，海内无双。意度高疏，学问丛脞。天赋敏速之才，笔吐猛锐之气"。这首《题某公宅》便应该是他"一条直气"和"笔吐猛锐之气"的产物吧。

说贯休一辈子不容易，一是指他"一条直气"和"意度高疏"的性格，所谓性格决定命运，这是没有办法的事。第二是指他赶上了一个坏时代，这一条是关键。

所谓"坏时代"，根源是李唐王朝与两种人共天下。第一种人是军阀，也就是拥兵自重的节度使们，这个"坏"是从开元、天宝盛世时"坐"下的病根，从那时开始，李唐王朝便"以贪腐养军"，造成节度使坐大的局面，此后引发多次叛乱，最后李唐王朝也被军阀朱温和李克用篡灭了。

第二种是与僧人共天下。唐代的寺院有其特殊性，它本身是巨大的经济联合体，僧人与贵族和权臣相勾结，为了逃避国税，兼并大量土地，违法"度僧"（僧人和庙产不纳税），更致命的一项是垄断"质库"（银行），把持信贷。自唐高宗和武则天时期开始，僧人的职能被全面社会化了，他们是李唐王朝的主流宗教人士、高级知识分子、诗人、画家、帝王和权贵的私人朋友，同时他们也是庄园主、金融家、工商业主、官员升迁的投资人、艺术赞助人，以及世间各类有权有钱人物解决"麻烦"或追求"欲望"的"中间人"。

贯休就是在这种僧侣文化环境中出生并长大的。在他出生的十三年前，元和十四年（公元819年）春，唐宪宗迎取凤翔法门寺佛骨入宫供养，这是唐代皇帝第六次"迎佛骨"，举国官民僧众如痴如狂。韩愈因此写下那篇著名的《谏迎佛骨表》，说，百姓"焚顶烧指，百十为群，解衣散钱，自朝至暮，转相仿效，惟恐后时，老少奔波，弃其业次。若不即加禁遏，更历诸寺，必有断臂脔身以为供养者"。韩愈一人的明智，岂能阻挡举国疯狂，于是"一封朝奏九重天，夕贬潮州路八千"。为此他还险些丧了性命。

韩愈于公元824年去世，八年后，贯休出生（贯休的生卒年月一直有争论，我们姑且赞同他于公元832年出生的说法）。两年后，对唐王朝发出致命一击的黄巢出生。而另一个对唐代佛教产生重要影响的人物李德裕，此时正在贯休的家乡婺州担任浙西观察使。

贯休七岁出家，据说能日诵《法华经》千字，过目不忘。后代有些人依此称贯休天生"慧根"，但我却觉得此时的贯休更像是"学霸"，因为唐代对颁发僧人"戒牒"有考试制度，《法华经》是主要教材。

少年贯休正赶上中国历史上一次重大事件"会昌毁佛"，又叫"会昌灭佛"。贯休十岁时，唐武宗会昌元年，李德裕二次为相，在全国范围内对寺院和僧侣开展了一场大规模的"取缔"运动。历史学家经常将"会昌毁佛"的动因归结于李唐王朝道教与佛教的争斗，这种说法太简单化了。我认为，"会昌毁佛"运动，其根源是对"利益集团"的打击，唐武宗与李德裕尝试全面摧毁寺院经济，一方面是将寺院掌握的巨额资产收归国有，另一方面也是打击僧侣与利益集团相勾结，串通朝野官员，左右国家政策的"官场文化"。

会昌五年，"毁佛"运动达到高潮，大幅缩减寺院数量，强迫僧众还俗二十多万人。当时僧侣的恐慌情景，被日本僧人圆仁记录下来，写成一本《入唐求法巡礼行记》，成为后代人研究这段史事的重要资料。此时贯休十四岁，跟随师父躲入深山潜修，据说，他就是在这个时候显露出的诗才。具有讽刺意味的是，会昌六年，唐武宗服食道教师傅所练"仙丹"驾崩,他的叔叔唐宣宗继位,李德裕从大权在握的当朝宰相,被贬为相当于科级干部的崖州司户。"毁佛"运动从此停止,唐宣宗对佛教公开表示支持,但同时他也毫不客气地将"毁佛"的经济成果收入囊中。唐代的寺院势力从此一落千丈,对政治和经济的影响走向衰微,然而,僧侣干谒权贵,参与世俗事务的风气却没有消失。就是在这样的背景之下,贯休作为一名才华出众、脾气古怪的诗僧和画僧,参与到唐代末年和五代初期的生活中来。

据说,贯休在潜修期间受"具足戒",而后随师父来到遂昌县的唐山(唐代婺州境内),潜心学习十四年,于唐懿宗咸通四年(公元863年),也就是他三十一岁的时候出山云游。他在遂昌唐山的十四年,是从思想上和学养上打下牢固根基的十四年,出山不久便誉满东南,应该是"盛名之下,必无虚士"。

就在贯休出山的这一年,乱世枭雄黄巢二十九岁,应该已经在长安科考落第,并且写下那首令人胆寒的《不第后赋菊》:"待到秋来九月八,我花开后百花杀;冲天香阵透长安,满城尽带黄金甲。"然后黄巢便回乡继承祖业,贩卖私盐去了。而最终灭唐自代的朱温,此时刚刚十一岁,"幼年丧父，家贫，母王氏佣食于萧县刘崇家"。与此同时，贯休个人历史中的另外两个重要人物，吴越王钱镠十一岁，此时尚称小名"婆留"；前蜀皇帝王建十六岁，年少无赖，被乡邻斥为"贼王八"。

贯休与黄巢和朱温没有交往，但其后半生深受这二人所造祸端的影响。唐僖宗乾符元年(公元878年)，自号"冲天大将军"的黄巢四十四岁，率大军转战鲁豫皖鄂，随后窜入浙江，而作为黄巢亲信将领的朱温也随军前来，时年二十六岁。贯休此时四十六岁，他的《避祸白沙驿》应该作于此时："避乱无深浅，苍黄古驿东……犹逢好时否，孤坐雪濛濛。"他在诗中的疑问很快便得到解答，"好时"不再了。

此时的李唐王朝已入"衰世"，朝官贪财倾轧，节度使拥兵自重。黄巢大军从浙江入福建，进而占领广州，然后向北攻占潭州(湖南长沙)、襄阳、鄂州(湖北武汉)。两年后的公元880年春，黄巢再次攻入浙江。贯休《避寇上唐台山》应该是他避乱到江西抚州的作品，诗曰："僧高眉半白，山老石多摧。莫问尘中事，如今正可哀。"只是，他的"如今正可哀"又没说对，到了明年初，更可哀的事情发生了，黄巢大军攻入长安，建国号"大齐"，改元"金统"，于是，"满城尽带黄金甲"的可怕预言，终于一语成谶了。

年届半百的贯休，有几首诗应该是描述他此时的复杂感受。《洛阳尘》："昔时昔时洛城人，今作茫茫洛城尘。我闻富有石季伦，楼台五色干星辰。乐如天乐日夜闻，锦姝绣妾何纷纷……伊水削行路，冢石花磷磷。苍茫金谷园，牛羊龁荆榛。"这首诗与前面提到的《题某公宅》恰好相映成趣，不论是东都洛阳，还是西京长安，此时都已落入造反者的手中，哪管你昔日权势熏天，谁理你当年富可敌国，如今全都灰飞烟灭了。

他的另一首诗《陈宫词》，则是借着批判陈后主，讽刺已逃往四川成都的唐僖宗。诗曰："缅想当时宫阙盛，荒宴椒房慊尧圣。玉树花歌百花里，珊瑚窗中海日迸。大臣来朝酒未醒，酒醒忠谏多不听。陈宫因此成野田，耕人犁破宫人镜。"唐僖宗十一岁即位，如今只有十八岁，却是赌鹅、马球、骑射、剑槊、法算、音乐、围棋、赌博无所不精。他的翰林学士刘允章在《直谏书》中用"国有九破"描绘当时唐代的局势："终年聚兵，一破也。蛮夷炽兴，二破也。权豪奢僭，三破也。大将不朝，四破也。广造佛寺，五破也。赂贿公行，六破也。长吏残暴，七破也。赋役不等，八破也。食禄人多，输税人少，九破也。"

此后将近二十年，中国北方大乱，朱温降唐赐名朱全忠,李克用受封出兵,黄巢兵败自尽于山东泰山狼虎谷;唐僖宗还都,朱全忠、李克用等节度使拥兵自谋,唐僖宗出逃凤翔,节度使乱战,朱全忠和李克用四出征战,唐僖宗驾崩,唐昭宗继位,藩镇干预朝政,天下因刀兵糜烂……

贯休老和尚一辈子不容易,这期间,浙江的义胜节度使董昌自立为帝,取了个可笑的国号"大越罗平"。董昌的旧部将,镇海节度使钱镠起兵讨伐董昌。乱战一年多,钱镠将旧上司诱骗并杀死。这是唐昭宗乾宁三年(公元896年)的事,此时朱全忠和钱镠同为四十四岁,贯休六十四岁。

国家的前途没了,老和尚贯休带着弟子们以云游四方为名,行"化缘"于军阀之实。他此时的诗很消沉,《茫茫曲》曰:"茫茫复茫茫,满眼皆埃尘。莫言白发多,茎茎是愁筋。未达苦雕伪,及达多不仁。浅深与高低,尽能生棘榛。茫茫四大愁杀人。"

前边我们谈到,僧侣干谒权贵,这是唐代的文化传统。老和尚贯休带着一众弟子云游,没有自己的寺院,经济来源必然是风头正劲的军阀。这首《献钱尚父》大约作于公元898年,钱镠受封镇海、威胜节度使,迁军于杭州。此时贯休六十六岁,这在唐代,特别是乱世,已经算高寿了。诗的题目称钱镠为"钱尚父"，因古文"父"与"甫"通，是对男子的美称，同时，贯休也有假借郭子仪"德宗嗣位，诏还朝，摄冢宰，充山陵使，赐号'尚父'"（《新唐书·郭子仪传》）的美典之意。只是，我私下揣测，好讽刺人的贯休老和尚未必真有恭维之心，因为《三国志·魏志·董卓传》曰："卓至西京，为太师，号曰尚父。"

现在我们来看这"献诗"："贵逼人来不自由，龙骧凤翥势难收。满堂花醉三千客，一剑霜寒十四州。鼓角揭天嘉气冷，风涛动地海山秋。东南永作金天柱，谢公篇咏绮霞羞。他年名上凌烟阁，谁羡当时万户侯。"这是一首典型的应景之作，语意之平白，音韵之流畅好似打油诗，但又工整漂亮，恭维拍马全都能搔在钱镠的痒处。只是，李唐王朝的大功臣，七子八婿且富贵寿考的郭子仪与汉末的乱臣贼子董卓都曾赐号"尚父"，此诗典出何处，他将钱镠比作哪个"尚父"，怕是只有贯休自己知道了。

老和尚贯休没赶上好时代，但有个好晚年。他于钱镠受封越王、"杭州军乱"之前离开浙江。在荆南节度使成汭那里，贯休"一条直气"未改，与成汭相处不睦，被驱逐出境。于是，他带着弟子们，一路西行前往四川成都。路上有诗《三峡闻猿》，想是心绪不佳，此诗平庸无趣。

因为朱全忠在北方篡灭李唐王朝，建国后梁。独占四川的王建便借此机会建国号大蜀，改元武成，当上了皇帝。因为王建治下的四川相对安定，中原和江东的知识分子为了避乱，大批迁居成都。王建虽然是出身私盐贩子（也有人说是牛贩子）的武夫，不识字，但偏偏喜欢文人雅士，尤其喜欢与他们谈天说地，尊重并资助他们。我想，这也应该是贯休不畏蜀道之难，千里投奔的部分原因。

　　贯休入蜀，应该是公元908年，时年七十六岁。他给六十一岁的王建奉上一首见面诗《陈情献蜀皇帝》："河北江东处处灾，唯闻全蜀勿尘埃。一瓶一钵垂垂老，千水千山得得来，奈菀幽栖多胜景，巴歈陈贡愧非才。自惭林薮龙钟者，亦得亲登郭隗台。"这首诗与《献钱尚父》的暗含讥讽大是不同，因为李唐王朝已灭，天下无正统，老和尚贯休就只剩下自己与弟子个人发展的问题，不再有所谓"道统"的羁绊。因此，这首诗感情真挚。只是，诗中之意虽然是放低姿态，且言语有趣的陈情，但他仍然自比郭隗，"意度高疏"的本性不改。

　　贯休虽然性格"一条直气"，言语便给，好讽刺人，但他一定是个识趣的人物。而王建也应该是个有趣的人物，他是当真喜欢贯休老和尚，为他新建龙华道场。到贯休公元

912年辞世，居蜀五年间，王建给他加的封号便有"龙楼待诏""明因辨果功德大师""翔麟殿引驾、内供奉""经律论道门选练教授""三教玄逸大师""守两川僧大师""赐紫大沙门""禅月大师"等等繁多名目，除此之外，还赏赐给他"食邑三千户"。

贯休老和尚于离乱之世奔波一生，最后终于在四川过上了几年安稳日子。只是，人的性格很难因年龄和阅历彻底改变，贯休"一条直气"的棱角还是会时不时地冒出来。据说，忽一日，王建到贯休的龙华禅院游玩，召贯休入座，并赏赐药茶彩缎。二人闲聊之时，王建问及贯休的新近诗作，贯休老和尚环顾在座的诸王贵戚，好讽刺人的老毛病又犯了，便口占一首《少年行》："锦衣鲜华手擎鹘，闲行气貌多轻忽。稼穑艰难总不知，五帝三皇是何物？"这首当面骂人的诗，王建挺喜欢，诸王贵戚们愤怒了。

此时回顾贯休的一生，一来是因为有遂昌之行的因缘，更重要的原因，则是心中堆垒的家国之感。五千年来，生活本质从未发生变化，汉文明的历史发展与变故，未敢或忘也。

临大节而不可夺

——重读《答田岛书》

冬季从北方飞往云南，感觉吓人一跳，这里艳阳能咬人，白云蓝天洗得分明，鲜花制作糕饼菜肴，种种安逸可爱，远超寒冷之地居民的想象。我此次行程有一个重要目的，就是到腾冲国殇墓园去看那块著名的《答田岛书》石碑。上次读这封书信大约在十五年前，是作为抗战史料来看的。这次我打算将心放平，注意力集中在当事人身上，借此找寻汉文化中的一个重要内容，也是当下生活中常被模糊，甚至被某些实用主义者轻视和嘲弄的道德准则——气节。

第二次世界大战打到1942年夏天，日军在菲律宾、缅甸等战场取得极大进展，退守巴丹半岛的七万五千美军和菲律宾军队全部投降，中国远征军和英军在缅甸被全面击溃。由此，日军主力沿滇缅公路直抵怒江，逼近中国抗战大后方，并分出一支小股部队，占领中国西南"极边第一城"腾冲。此时，驻守腾冲的行政长官和军队、警察已全部逃跑，民众自主推举曾两任县长，如今退休在家，年已六十一岁的乡绅张问德（字崇仁）为新县长。至于他正式接受政府委任并取回县长铜印，都是后话。

古人所谓"志不求易，事不避难"（《后汉书·虞诩传》）。当此国难，又受乡邻重托，张问德在笔记中写下这样一段话："吾非巧于仕进而善于趋避者，其济，天也，其不济，死而后已。"然后，他将县政府迁往高黎贡山附近的界头，在那里配合政府游击队行动，并利用仅有的一台破旧印刷机，对敌展开宣传攻势，安定民心，争取民众。

日军派驻腾冲县的行政班本部长田岛寿嗣所做坏事就不列举了，因为与其他日本侵略者无甚差别。他这等小人物之所以能有名有姓地出现在抗战史上，主要是因为他于1943年秋天用汉语给张问德写了一封信。虽然他被称为中国通，但这封信据说是经他口授大意，由一位汉奸之父执笔。

信的抬头是："崇仁县长勋鉴，久钦教范，觌晤无缘，引领西北，倍增神驰。"这都是清末民初流行的客气话。他接下来正文是："启者：岛此次捧檄来腾，职司行政，深羡此地之民殷物阜，气象雍和，虽经事变，而士循民良……惟以军事未靖，流亡未集，交通梗阻，生活高昂，彼此若不谋进展方法，坐视不为之，所固恐将来此间之不利，其贵境如未见为幸福，徒重困双方人民，饥寒冻馁，坐以待毙而已，有何益哉？职是之故，岛甚愿与台端择地相晤，作一度长日聚谈，共同解决双方民生之困难问题，台端其有意乎？"信中后边的话是安排会面时间、地点，以及重申只谈民生，不及军事之意。

日后有些史家将这封书信当成"劝降书"，近日又有些不同观点，认为此信无劝降内容，田岛寿嗣只是为了解除民困，尝试与干扰腾冲正常生活的张问德县长沟通，恢复地方民生。要想理解这封信的深意，不能只依此孤证，现在让我们看看另一封"劝降书"。1895年1月23日，日本舰队将北洋水师围困在威海卫，日军第一任联合舰队司令官写了一封书信，托英国军舰塞万号转交北洋水师提督。信中开篇即道："大日本海军总司令官中将伊东佑亨致书与大清国北洋水师提督丁军门汝昌麾下：时局之变，仆与阁下从事于疆场，抑何其不幸之甚耶？然今日之事，国事也，非私仇也，则仆与阁下友谊之温，今犹如昨。仆之此书,岂徒为劝降清国提督而作者哉?大凡天下事,当局者迷,旁观者审。今有人焉,于其进退之间,虽有国计身家两全之策,而目前公私诸务所蔽,惑于所见,则友人安得不以忠言直告,以发其三思乎?仆之渎告阁下者,亦惟出于友谊,一片至诚,冀阁下三思!"好了,伊东佑亨开宗明义论交情,说劝降,后边他批评清政府弊端的话也非不实之词,接着又列举法国、土耳其和日本先降而后得重用的历史人物给丁汝昌做例证,并许给其降后在日本生活的优厚条件。伊东佑亨在信中称丁汝昌为友,这是因为,四年前丁汝昌率北洋水师访问日本时,伊东佑亨作为日本海军省第一局长官兼海军大学校校长主持接待,两人接触甚多。事后伊东佑亨曾感叹:"如果现在和清国开战,没有胜利的可能,只要'定远'和'镇远'两舰就能把全部常备舰队送到海底。"然而,北洋水师毕竟战败了,尽管伊东佑亨在劝降信中为丁汝昌的个人前途做出种种美好谋划,但丁汝昌没有投降,而是选择了自尽。

文臣武将战败自尽,在汉文化中是高尚的行为,鸦片战争中,关天培在虎门炮台也自尽了。所谓"节者,死生此者也"(《荀子·君子》),其中一半说的就是人们为保全节操而不肯苟活的意思。不论是两国交恶,还是承平日久却强邻环伺，能当得上耻辱二字的，唯"文官爱财，武将怕死"而已。因此，不管后人如何评说丁汝昌其人其事，我始终认为，丁汝昌的自尽，算是践行了孔夫子所言"志士仁人，无求生以害仁，有杀身以成仁"（《论语·卫灵公》）。

伊东佑亨的这封劝降书写得极漂亮，水平接近南朝梁文学家丘迟的《与陈伯之书》和明末清初多尔衮的《与史可法书》。与之相比较，腾冲城里田岛寿嗣委托乡儒写给张问德县长的书信，显现出来的，只是对汉文化"谋略学"的浅薄模仿，试探与诱降之意昭昭，关心民生只是借口而已。

我相信，张问德县长接到田岛寿嗣的来信后，一定没有立即回信。古人云："怒不修书"，张县长是中过秀才的传统知识分子，应该有此涵养。而且我还相信，以张县长的历练和见识，他绝不会自矜有"倚马草露布"的捷才，而必定是细读来书，深思熟虑，考虑周全之后，方才写下这篇文字。而且在书信发出之后，他会立刻将田岛寿嗣的来信和这封回信的副本抄报上峰，因为这是职司所在，作为政府官员，"交通敌国"是重罪。从这一点上我们便能看出，张县长在行动上的"世事练达"和他回信中所表达的"正义"与"节操"相辅相成。至于云贵监察使李根源先生将这封书信转呈"中央"并在全国报纸刊载，令张问德先生生前身后得享大名，却是他在山沟林莽中给敌人回信时绝不曾想到的"闲事"。

张问德县长的回信，开宗明义表示拒绝："田岛阁下：来书以腾冲人民痛苦为言，欲借会晤长谈而谋解除。苟我中国犹未遭受侵凌，且与日本能保持正常国交关系时，则余必将予以同情之考虑。然事态之演变，已使余将可予以同情考虑之基础扫除无余。"开篇这段文字，坦荡得体，分明是"国书"笔法。我相信张县长作书回复田岛寿嗣时，最先考虑的就应该是"国之体面"与"士之气节"，因为，与敌国代表回书，他不只是代表自己，更重要的是代表国家和民族。古人云："圣达节，次守节，下失节。"（《左传·成十五年》）张县长必定自知，作为一个乡村"士人"，他即使不能做到"圣达节"，但"次守节"是必须坚持的，因为国难之时，那些败逃、作恶甚至降敌的"失节者"太多了，他必须得让敌人清楚地知道，与其打交道的是一位"识大体""有气节"的中国官员和知识分子。

在以克制的笔法历数日军对腾冲百姓所犯罪行之后，张县长道："余愿坦直向阁下说明：此种痛苦均系阁下及其同僚所赐予，此种赐予，均属罪行。由于人民之尊严生命,余仅能对此种罪行予以谴责,而于遭受痛苦之人民更寄予衷心之同情。"张县长在信中没写任何激烈文字,因为"古之君子,交绝不出恶声"(《史记·乐毅传》),但在一字一句之中,我们能够清晰读出他所有的痛苦与愤怒。

读罢《与田岛书》全文,我面对腾冲国殇墓园后山大片密密麻麻的矮小墓碑,想起一件事和一句话。那件事情是,1931年"九一八事变"发生后,京剧"四大须生"之一的高庆奎大量编演爱国剧,代表剧目之一是《史可法》。其中最为脍炙人口的,就是史可法接到多尔衮的劝降信《与史可法书》之后,提笔回信的唱段:"(西皮原板)为国家不由得我心神不定,要把我心内事笔写分明,上写着观来书措辞不正,说什么不讨贼不该立君。我国家立新君名正言顺,我主爷他本是神宗之孙。洪承畴拜为官辜恩惜命,史可法秉忠心岂怀二心。修罢了一封书坦然方寸,(白)哈哈哈哈。(西皮散板)从今后誓戮力重整乾坤。"据著名京剧花脸演员袁世海回忆,1936年6月22日,高庆奎演出时嗓音一字不出,第二天的《史可法》只能"回戏",然而许多观众不肯退票,想等高庆奎嗓音恢复时再来换票听他唱这出戏,就这样,直拖了几个月的时间,票才退完。由此可见,在日军侵占东北,同时阴谋"华北自治"之时,民众对这种爱国剧的热情有多高,对爱国志士的需求有多么迫切。

方才说我还想起了一句话,是孔子《论语·泰伯篇》中的一句:"曾子曰:临大节而不可夺也。"我们在日常生活中,面临的多数考验与烦恼都是来自"小节",是由"贪嗔痴"所引发的"喜怒哀惧爱恶欲",简言之就是个人欲望无法满足时生出的烦恼。所谓"大节",必定是关乎家国、族类和人伦的大是大非,是对人性和道德最根本也是最严苛的考验。史可法、丁汝昌面临的是此种考验,张问德县长面临的也是此种考验。当此"临大节"之时,什么东西"不可夺"?应该是志气与节操。这些人"临大节"而不乱,没有像洪承畴那样"辜恩惜命",应该是平日里做足了涵养功夫,即所谓"我善养吾浩然之气"(《孟子·公孙丑上》)的结果。

玩具的力量

　　本人今年五十四周岁,带着折纸去旅行,机场酒店之中,读书观景之外,动手折几件马牛羊、鸡犬雀,不禁老怀大乐。这次出行我选择了中国木质玩具制造中心,浙江省云和县的几家著名木质玩具企业,公务算是深入生活,私心却是借机考察中国传统玩具,好让我在折纸之后,带着玩具去旅行。

　　考察玩具和写作这篇短文,缘起于我与当代中国青年的接触,以及对中华民族未来"智识"水平的担忧。近二十年来我发现,许多年轻人的联想能力和想象力已经深刻地被机械重复和浅薄媚俗的流行文化禁锢住了,于是,当需要他们在多重知识之间建立起新的联系,启发创造力的时候,产生的结果往往是机械的拼凑,或是以流行文化为原素的"伪创新",当然,更恶劣的则是对他人成果拙劣的"照搬"与"抄袭"。一个民族,如果在连续两代人中间出现创造力严重下降的状况,该民族危矣。问题到底出在哪儿?原因肯定是多方面的,但我认为,原因之一应该是这些孩子在童年和少年时代缺少正确的玩具和游戏。

我从不认为芭比娃娃、变形金刚和电子游戏是坏玩具,我也赞同"乐高积木"和"大富翁棋类"是很好的玩具,然而,即使是在经济和文化已经全球化的今天,我仍然坚信,中国传统玩具对中国孩子有着极为特殊的重要性。

考察中我与云和县的木质玩具厂负责人交流,他说:像七巧板、九连环、鲁班锁、华容道等中国传统益智玩具,他们特地选用最好的木材与工艺,而且定价便宜,销量也不错,然而,真实的情况却是,这些玩具进入家庭之后,好像使用率极低。以我近年来的考察,如今的年轻父母多是经历了严酷应试教育的独生子女,他们从来也没有机会玩这类玩具。他们自己不会使用,也就无法对这类玩具的益处有所体会,自然没有意愿引导子女。为此,云和县的有识之士讲:我们绝不是只想为国外玩具品牌代工,生产昂贵的偶像玩具,借以赚取利润,我们当然想为中国孩子多做些事;外国人把中国传统玩具拿回去,改造后风行世界上百年，我们自己却放弃了，痛心哪！

中国的传统玩具当真很重要吗？我们不妨选几种聊一聊。

最简单的动手类中国玩具，其目的是锻炼儿童心手合一。七巧板和积木我童年时曾玩过，两次都是因为患病，母亲从极为困窘的生活费中挤出一点儿钱，买来安慰我。我的七巧板只是七块颜色各异的塑料片，价格七分钱。我的积木只有十几块，价格不超过两角钱，装在一个硬纸方盒中，盒上印着彩色示例图。这两件玩具伴我度过了四岁和五岁这两年，对我的"智识"有多少帮助很难讲，但我认为，至少在"搭配"和"变化"这两个至关重要的思维方式上，让我于玩乐之中有了最初的实践和由此带来的成就感。

我小时候见过九连环，细铁丝编制，农民售卖，五分钱一只。小伙伴举在手中不肯与我分享，以致今天我会畏惧这件玩具。现在我手边放着一只经过改造的八角球鲁班锁，并不比原始的六根柱状木块难，但更美观，放在书桌上是极好的案头清供，劳累时我便拆开来把玩一番。这是云和县木质玩具厂的低端产品，材料采用进口榉木，无毒处理，手感如丝绸般滑润。虽然只有六块小木块，但要将它重新装配完好,需要的却是超越常规的空间思维。对于九连环、鲁班锁这类窍门一点就透,却需要超常规空间思维的玩具,我曾亲耳听到有些高明的成年人对此评价甚低,认为一旦会玩儿,即无价值。我这是第一次亲手摆弄鲁班锁,然而,如果在童年或少年时代接触过这类玩具,我于心手合一的玩乐当中,对空间的理解就会有一次微小的飞跃。即使这次飞跃对我的人生没有产生庸俗的"商业价值",但我对空间的认识毕竟会与今日有些细微的不同。既然全球化使各大洲、各国、各地都在批量培育同质化、近似化的"智能时代"青年,那么我们该如何鼓励自己的孩子成为独一无二的个体?其实,人生也好,成就也罢,都是由这些细微的"搭配""变化""超越""顿悟"而来,因为它是"智识"的发端。轻视微小者,不宜妄想重大。

再谈两种多人参与的"棋类玩具",一种是中国的"升官图",另一种是西方的"大富翁",这是两种曾经遭到严厉批判的玩具,被定性为丑陋的封建官僚主义和贪婪的资本主义产物。我参与过"大富翁"游戏,玩不好,因为我对商业规则一窍不通。这个游戏是现实商业投资规则的简化版本,涉及地产、投资、银行抵押贷款、利息、破产等等,当然,游戏的结果是由投资获利最多的一方取胜。这种玩具是 1935 年美国经济大萧条时开始风行的，是资本社会的产物，也是西方社会几十年来经久不衰的家庭益智类游戏。我从来也不认为这种游戏有害，因为它教会少年儿童的是他们所处社会的基本规则，如投资、风险、增值、破产、惩罚等等。随着游戏的深入，参与者既能体会到投资增值的快乐，并从中掌握资产获得的正常途径，同时，也必然能够体会到投资失败或违法所带来的深刻教训。"守法赢利"应该是这种棋类游戏对少年儿童的基本教益，这是资本社会的"常识"。对于涉及社会规则的常识，我们绝不能一边虚伪地批判，却一边无所不用其极地放诞施行。这款游戏现在有网络电子版，但我不赞成少年儿童去玩，因为，桌面棋类游戏还有另外一部分至关重要的内容，那就是被电子游戏隔绝掉的人与人的交流。不论哪种棋类游戏，尤其是这种多人参与的"争先游戏"，解释规则、遵守规则、相互对抗、相互妥协等等，都是今天独自在家的少年儿童最为奢侈的享乐，也是他们最为需要的人生基本训练。从未在游戏中与人竞争的儿童，长大后如何参与生存竞争？不会在游戏中妥协的儿童，长大后又如何与他人友好相处？

再说"升官图"。我时常怀疑美国人发明"大富翁"时借鉴了中国的"升官图"，因为两者的游戏形式和规则有许多近似之处。据传说，"升官图"发明于唐代，也有人说是明代倪元璐所创，这一点史无定论，但"升官图"中的官制，确实是清承明制的官员体系。这种棋类是一张桌面大小的纸质棋盘，上边印着从最低级白丁至最高级太师的三圈行棋路径，它的高明与复杂之处在于与当时的官员升迁、贬黜和考绩体制高度重合。游戏的规则并不复杂，高级些的用骰子掷点数，简单些的便使用一只方形陀螺，每一掷有四种可能的结果，即"德才功庄"，"庄"即"赃"。我一直认为，"升官图"是极具批判现实主义文化意味的游戏，举个简单例子，每个游戏参与者的第一掷至关重要，因为这一掷决定了你的"出身"，从"白丁"至"状元"共十五种出身，然后才能当官或本官兼差，掷"德才"晋升，掷"功"维持原职，掷出"赃"来自然要受处罚，其中所涉内容，几乎是社会生活真实的复制。因为这种游戏所涉及的许多概念和词汇今天已经是"死亡语言"，当代人很难理解，具体内容无须多谈。但有一点值得注意的是，这个游戏与"大富翁"一样，所传达的是当时社会生活的"常识"，而于游戏之中掌握常识，是玩具最为重要的功能之一。这类学习常识的游戏，结合《增广贤文》等警句式传达人情事理的读物，以及成年人口头上惯常使用的各种俗语,便构成了中国民间对少年儿童的社会性教育。如今,我们的社会性教育在学校被应试教育替代了,年轻人对社会的了解,既缺少常识性的真实,又没有各种各样警句式言语让他们记住和表达。于是,当他们开始独立思考并参与社会生活的时候便无所依托,受到蛊惑和恶意引导的可能性便增加了。

我原本还想谈谈青少年学习下棋的事,从最简单的石子棋、斗兽棋,到最高级的象棋和围棋,现在的孩子们绝大多数都不会下棋,这是多么悲哀的一件事。因为文章篇幅的原因,这次不谈了。其实,下棋和其他游戏一样,启迪的是"智识",即智慧与见识。既然事实证明我们的应试教育效果并不理想,那么从现在开始,让我们的少年儿童在游戏中尝试多种多样的规则与思维方式,并让他们在游戏中充分体验取胜与挫败的感觉,增加心理素质强度,并于多种情景中学习如何与人交流、交往,这或许是中国未来一代青年开阔想象力和创造力,提高综合教养水平最便捷的途径。

唐诗大同

桑干河

"春亦怯边游，此行风正秋。别离逢雨夜，道路向云州。"（郑谷《送人游边》）在航空和高铁时代，我却乘坐1136次普快夜车从天津前往山西大同，被人笑称落伍。其实，我是担心这世界变化太快，或许下一次到大同，我真就没有机会躺在卧铺上做一夜之行了。

午夜车过宣化，我无法望见窗外黑暗之中的桑干河。"征戍在桑干，年年蓟水寒。殷勤驿西路，北去向长安。"（李益《题太原落漠驿西堠》）这条河从山西发源，进入河北经宣化折向东南后改称永定河，再往下便是我的家乡，天津的海河。京津冀巨大的冲积平原，由海河的七大支流历经数百万年累积而成，其中在中国文学史上最著名的，便是常见于唐代边塞诗中的桑干河了。

此刻的夜行列车，从天津到太原五百多公里，需要八个多小时，如果通了高铁，最多不过三个多小时。于是我想，汉唐时代的人们如果走这条路前往大同，便是千里之行，那该是何等遥远，又是何等的艰难。皎然说："晨装行堕叶，万里望桑干。旧说泾关险，犹闻易水寒。黄云战后积，白草暮来看。近得君苗信，时教旅思宽。"(皎然《送韦秀才》) 古代朋友送别，深知此生或许再也没有见面的机会了，这也就难怪汉文化传统中"重别离"的情感格外深重。

当年除了路途艰险，这里还到处都是战场，塞外游牧文明与中原农耕文明在此展开了一千多年的拉锯战。为此刘长卿感叹："逢君穆陵路，匹马向桑干。楚国苍山古，幽州白日寒。城池百战后，耆旧几家残。处处蓬蒿遍，归人掩泪看。"(刘长卿《穆陵关北逢人归渔阳》)

桑干河的支流浑河，流经大同市辖下的浑源县，此地出产最好的中药材黄芪，县中还有尊贵的北岳恒山与奇绝的悬空寺。杜甫诗曰："先帝严灵寝，宗臣切受遗。恒山犹突骑，辽海竟张旗。"(《夔府书怀四十韵》)诗中这位"先帝"，或许说的便是发生在大同的那场最为著名的战役，汉高祖的"白登之围"。

一觉醒来，我被大同的蓝天吓了一跳。这座曾以空气污染闻名于世的煤炭城市，居然被治理得每年三百多天绝好空气，而且已经持续了六七年之久。当然，早年农耕时代，是没有空气污染的，但是，那时有战争、饥荒，以及人祸。"饥寒平城下，夜夜守明月。别剑无玉花，海风断鬓发。塞长连白空，遥见汉旗红。青帐吹短笛，烟雾湿昼龙。"（李贺《平城下》）读古人诗句，遥想当年情景，游今日之大同，应该算得上是"雅游"吧。

唐草纹与胡僧

　　到大同自然要参拜云冈石窟，特别是北魏时期的佛教造像。北魏开启了华夏文明新的审美时尚，是外来审美与华夏审美的一次大交融。看那莲花宝座上装饰的忍冬纹，便是将金银花变形设计而成的装饰文样，据说原始纹样可以在古埃及和古希腊找到例证。这种 S 形的带状装饰纹样，到了唐代也被用来绘制牡丹、石榴等，统称为"卷草纹"，传到日本之后，便被尊称为"唐草纹"。我想，这种纹样日后必定对青花瓷器上著名的缠枝莲花纹产生过直接的影响。

　　佛像座下侍立的僧人与供养人，近半是胡人模样。胡僧在当年来到中土,或许就像几十年前外国专家来到中国一样，他们带来了与我们有着巨大差异的技术和观念,有人反对是必然的。司空图道:"不算菩提与阐提,惟应执著便生迷。无端指个清凉地,冻杀胡僧雪岭西。"(《与伏牛长老偈二首》)这诗中之意倒不是司空图对胡僧有偏见,而是拿与他辨析佛理的伏牛长老开玩笑而已。

对于这些新事物,自然也会有人感兴趣,李商隐感慨道:"帘外辛夷定已开,开时莫放艳阳回。年华若到经风雨,便是胡僧话劫灰。"(《寄恼韩同年二首》)然而,最终的结果自然是,外来文化融入本土文化,成为华夏文明的一部分,此乃历史发展的必然。

我立于云冈石窟之下,努力回忆起一些中外交流事件与内容的碎片,心中涌动的情绪,是感激华夏文明的"大一统"，这个观念两千年来根深蒂固地植入这片土地上生活的人群的深层记忆里,使华夏文明得以吸纳、融合、改造所有外来营养,并且一脉至今,不曾断绝。

云中和萱草

大同市辖下有个大同县,这里最美丽的景观莫过于丘陵模样的火山群,其中有几座火山被改造成公园。登上不高的火山远眺,一座座火山别致地散落在远处,其间是大片平坦的农田。不过,这里最初给我的观感却是,当真是一座好战场啊。古代将军占据火山以旗号指挥,千军万马列阵山下。"将军下天上,虏骑入云中。烽火夜似月,兵气晓成虹。横行徇知己,负羽远从戎。龙旌昏朔雾,鸟阵卷胡风。"(卢照邻《结客少年场行》)此处所言"鸟阵"是古代阵法之一,《六韬·鸟云泽兵篇》曰:"所谓鸟云者,鸟散而云合,变化无穷者也。"这种列阵作战的方法,乃典型的农耕文明的产物,因为它的核心是组织纪律与服从指挥。这也是农耕文明的优势所在,使它在与游牧文明的长期对抗中,能够不断取得均衡之势。即使这个均衡偶尔被打破,就像大同在拉锯战中多次易手一样,然而,农耕文明最终还是将边境与战场逐步推向北方。

卢照邻诗中所言的"云中",便是今日的大同。想当初,西魏八柱国之一的宇文氏废帝自立,改国号北周,等他家灭了北齐,统一中国北方之后,公元 577 年,置北朔州总管府,治下便有"云中县"。这是大同第一次被称为"云中",自此,中国边塞诗中又一个重要的名词诞生了。"翩翩云中使,来问太原卒。百战苦不归,刀头怨明月。塞云随阵落,寒日傍城没。城下有寡妻,哀哀哭枯骨。"(常建《塞上曲》)古代战争之残酷，绝不是我们在中外影视剧中看到的那些场景，真实情况要比那残酷百倍。

据本地人介绍，在这些火山之间的农田中，有相当一部分种植的是本地特产"黄花菜"。因为品种独特，六瓣七蕊，他们很是为这种特产骄傲。黄花菜又名萱草、忘忧草，天津人吃打卤捞面条，卤中必有此物，既取其香气，又爱它似软实脆的口感。羊士谔云："无心唯有白云知，闲卧高斋梦蝶时。不觉东风过寒食，雨来萱草出巴篱。"（《斋中咏怀》）大同地势较高且偏北，萱草确是应该在寒食节，也就是清明节过后才会开花。与诗中不同的是，当年的篱边野花，如今已成为大田作物，是大同非常雅致的土特产。

黄花菜是摘取萱草将开的花蕾，一旦花朵绽放，便无用了。大同黄花菜与我们在市场上的常见之物很是不同，它花蕾巨大，一根根排列整齐，色泽灰绿带黄，不是那种硫黄熏成的泛白黄色。情感细腻的诗人温庭筠描绘寒食日少年春游情景时，比喻道："舞衫萱草绿，春鬓杏花红。马辔轻衔雪，车衣弱向风。"（《禁火日》）在汉唐时期，植物和矿物染料中红黄蓝紫黑五色较为易得，给衣料染色也较容易。而绿色是黄色与青色的调和色，染色最难，需要用黄栌与靛青套染，染成的衣料，颜色多半偏向灰绿，很像是大同黄花菜的颜色。温庭筠这首诗中描绘的应该是当年最为时尚的装束,翩翩少年身着灰绿色的窄袖胡服,鬓边插着绯色的绢花,马儿套了雪白的鬐头,驾车轻稳,只引得车帷迎风微动,以免惊到车内因晨起出游、尚带困意的人儿。好车雅衣,古今中外之时尚,盖莫如此。

苦荞与羊杂汤

大同左云县的许多地方,已是煤矿采空区,因为地面沉降,政府帮助农户搬迁到新建楼房居民区,原有的农田与村落,如今变成巨大的光伏发电厂,而在光伏面板之间,则种植了本地特产荞麦。

山西的荞麦有两种,一种是中国青藏高原的原生高寒作物,通常叫"甜荞",在大同七月种植,八月开花。白居易《村夜》云:"霜草苍苍虫切切,村南村北行人绝。独出前门望野田,月明荞麦花如雪。"开凿云冈石窟的北魏政权早期定都平城,就是今天的大同。北魏出了一位中国历史上极为重要的农学家贾思勰,写成一部综合性农书《齐民要术》,其中多处谈到荞麦的种植与食用方法。显见得,当时山西尚不适宜种植小麦,而荞麦、粟等耐旱农作物是本地主要的淀粉类食物。荞麦的收成如何,在当年或许事关重大，于是储嗣宗在《村月》中欣喜道："月午篱南道，前村半隐林。田翁独归处，荞麦露花深。"如今到大同，像荞面碗托、荞面凉粉、荞面饸饹等历史文物般的美食，不可错过。

山西的另一种荞麦叫苦荞，又称"鞑靼荞麦"，应该是西亚传来的品种，是难得的药食兼备的农作物，山西多在春季种植，只因产量不高，很早便不被当作主要的粮食作物了。如今，苦荞麦被开发出一种创新食用方法，以炒制苦荞代茶饮用，有安神、消积、降"三高"的功效。左云县的苦荞茶叫"雁门清高"，原料天然，制作精心，色泽金黄，味道浓香，可算是此中精品。

在下出游，向来自称"中华美食行"，游山玩水只为消食，到了大同，自然要品尝"羊杂汤"。当今之中国，凡是吃羊肉的地方必有"羊杂汤"，但在下认为，大同的羊杂汤因为有重要的史料可资佐证，应该算是正宗来源之一。

此事先从远处说起。当年汉高祖刘邦亲率三十多万大军迎击匈奴，时值寒冬大雪，因他急于在初建王朝中树立君王的威信，孤军深入，被围困在平城的白登山，也就是今天的大同马铺山，这便是著名的"白登之围"。农耕文明与游牧文明发生战争时，农耕文明一方经常因为游牧文明的行军速度很快，深受袭扰，苦不堪言。在下研究中国古代生活史时，发现了其中一个重要原因，就是食物的烹调方法不同，对双方军队行动的灵活性有着极大的影响。农耕文明以淀粉类食物为主，首先是粮食运输困难，其次是必须得"埋锅造饭"，费时费力，大军自然行动迟缓。而游牧文明的军队则是军民一体，同行的牛羊便是"战饭"，生羊尾油和肉干便是快餐。"滹沱河冻军回探，逻逤孤城雁著行。远寨风狂移帐幕，平沙日晚卧牛羊。"（周繇《送入蕃使》）在这种情况下，速战速决的战术对农耕文明就很不利了，汉高祖轻骑贸进，便是犯此大忌。

冷兵器时代的战争，军队被围困的惨状实在不敢想象。"胡儿杀尽阴碛暮，扰扰唯有牛羊声。边人亲戚曾战没，今逐官军收旧骨。"（张籍《将军行》）在这篇小文的结尾处，我们引用《齐民要术》中收录的一则菜谱，用来纪念冷兵器时代的战士，同时祈祷在热核武器时代，大规模战争永远不会发生。

这道菜肴名叫"胡炮肉"，很显然是游牧文明对自己的"战饭"加以精细化改造后的宫廷美食。因为原文不够通俗易懂，我在此处将其删减翻译成白话文：将一年生肥白羊肉和油脂切成细薄肉片，用整粒豆豉、盐、生姜、荜拨（胡椒科植物）、胡椒腌制肉片；取整只羊肚洗净，并将羊肚内侧翻到外面,成口袋状,里边装满腌制的羊肉片,缝口;挖一个"浪中坑"(也许这"浪中"是音译,但在下从烹调技术上考证,认为这应该是一个底部略微凸起的坑),用火把坑烧红,拨开灰火,将羊肚放在坑底微凸处,用灰火埋住,然后,在上边再燃火,大约需要煮熟一担米饭的时间,羊肚便烧熟了,成品"香美异常,非煮炙之例"。

　　这种将羊胃当作饮具,或是烧坑烹煮食物的方法,在世界各地的游牧文明中多有发现,直至今日仍有地方在使用。所不同的是,以上所说的"胡炮肉"绝非游牧军队的"胡炮肉",真正的"战饭",应该是以羊胃当锅,纳入血肉米粮,甚至掺雪当水,一烧了之,即使不能全熟,亦能下咽。而烧煮羊胃的火,还可以同时烤炙牛羊肉。在下以为,这种快速简便的烹调方法,是历时一千多年游牧文明对华夏文明持续袭扰的重要后勤保障方法。或许,这胡炮肉最原始的烹调方法,能在大同的羊杂汤中找到其滥觞。

　　"空迹昼苍茫,沙腥古战场。逢春多霰雪,生计在牛羊。冷角吹乡泪,干榆落梦床。从来山水客,谁谓到渔阳。"(戴司颜《塞上》)当今之世,民生富足,盛行旅游,若有人想作寻幽探古之行,本人向您推荐:带上好胃口,搭乘深夜列车,前往大同。

在　甘　南

　　这次深入生活，我跟随中国作协代表团前往对口支援单位甘肃省甘南藏族自治州临潭县，中华文学基金会还给当地中小学送来了大批图书。此行我还有一个私人目的，就是考察明代卫所遗迹。我是天津人，临潭县之所以与天津产生联系，是因为天津也是建卫于明代，只不过比临潭的洮州卫晚二十五年。

　　天津卫城依运河而建，方城四门十字街，属于拱卫京师的"警备"性质，如今城已不在了。而洮州卫城依山而建，是真正深入前线，随时作战的常备军性质。站在对面山上望去，夕阳之下，用红色砂岩建成的洮州卫城格局清晰，甚为壮观。卫城南面沿平川而立，东西北三面随山形筑城而上，远处山顶上可以清楚地看到一座座烽火台，周围百里之内还有上百座中小型城堡。明代卫所兵力足额是五千六百人，加上家属、雇工、平民等，这座城中的居民应该有两万多人。从整体布局上看，洮州卫是一座大型的，兼具屯田性质的前沿军事堡垒群。

史料记载，沐英、常遇春和李文忠最早带到洮州的多为江南士兵，建卫屯田之后，官兵的家属也从江南迁来。此地海拔在两千米以上，昼夜温差大，日照时间长，且冬季漫长。藏族人民的主要食物来源是牛羊肉，而汉民习食农作物，然直至六百年后的今天，这里仍然无法生长大米、小麦和蔬菜，只能种一点儿产量极低的青稞麦。今天我们深知守卫边疆的军民生活艰苦，但毕竟交通发达了许多，而当年这些戍边的军民，其生存环境之艰难，应该完全超出当今时代的想象。因此，当我在这座卫城中行走，看着那些小窗窄户、狭小房间与厚重土墙，深深地感佩这些军民的生存毅力。明代诗人写洮州的边塞诗不多，我喜欢的有两首。"洮云陇草都行尽，路到兰州是极边。谁信西行从此始，一重天外一重天。"（明代王祎《兰州》）另一首是："宝剑翩翩赋远游，东风吹骑出幽州。洮河三月流渐下，人在长城天尽头。"（明代盛鸣世《送胡参军之岷州》）所谓"人在长城天尽头"，是因为临潭县为春秋战国时秦国长城的起点。

返回临潭县城时,我看到路边正在新建一处村庄,几十栋青瓦白墙的徽派建筑。更令人称奇的是,村边拉着红色横幅,大书"感谢天津人民"。我是天津人,一见这横幅备感亲切,便给我的朋友老温打电话。老温到这里两年多了,负责天津对口支援甘南藏族自治州的工作。他回到天津时我们常聚,多次听他谈起支援甘南的事,但我并未真正入心,如今一见这簇新的村庄,便不由得激动起来。老温在电话中说:"天津建卫时迁来的主要是安徽人,洮州建卫以后也迁来了大批安徽人,两地有天然的联系。"我说起新建村庄的事。老温说:"你看到的是农村危房改造,这类项目很多,其实要做的事情太多了,修桥、修路、修房,帮扶种植药材,送医送药,给甘南免费培养三百名医学本科生……"我说:"老哥你辛苦啦。"老温说:"除了政府支援,还有民间力量,你那位同学汤大夫也来了。"这件事情我知道,我的高中同学汤大夫是著名眼科专家,在一次朋友聚会上,电视台工作的一位朋友牵线与老温结识,促成天津眼科医院与甘南人民医院的对口帮扶活动,这完全是民间自发行动,由天津政协协调实施。我问:"汤大夫还好吧?"老温说:"他们有点高原反应,做了一百多例白内障复明手术,患者绝大多数都是低保藏族人民,他们还对口援建了甘南州眼科中心，一起来的企业家捐助了医疗设备和耗材。"我问："他们现在在哪？"老温："在冶力关卫生院帮扶指导。"我说："你把汤大夫弄来是件好事。"老温笑："他自己热情高，你不也来了吗，给甘南写篇文章宣传宣传。"冶力关镇也在我的采风计划之内，便说："两天后咱们在冶力关聚一聚。"老温抱歉："我在夏河，这几天抽不开身，老哥们回天津再聚吧。"

在临潭遇上这两位朋友，让我想到另外一个问题，就是国家为什么要在偏远之地下这么大的力量，投入这么多的人力物力？当初洮州设卫的时候，明政府也曾有过类似的争论，一些人认为，洮州地处偏远，气候极端恶劣，自汉唐以来，此地驻军耗费国帑无数。与沐英一起平定洮州的大将李文忠是明太祖朱元璋的外甥，开国功臣，在西北征战多年，实地经验极为丰富。他上书曰："官军守洮州，饷艰民劳。"朱元璋却毫不留情地斥责："洮州西控番戎，东蔽湟、陇，汉、唐以来备边要地……虑小费而忘大虞，岂良策哉。所获牛羊，分给将士，亦足弃两年军食。其如敕行之。"（《明史·列传第二百十八》）在设立洮州卫这件事上的君臣分歧，其实代表着两种治国思想。李文忠担心劳民伤财，是"家"的视野，算的是经济账。朱元璋是"国"的视野，算的是政治账和历史账,他认为边疆无论多远,都是"国土",劳民与伤财是暂时的,不去据守,没有强力的军事支持,边疆国土早晚会一块一块丢光。洮州设卫付出的代价确实巨大,屯田士兵负担过重,死伤逃亡甚多,后来又广为召集回、汉流民聚居,加上多年无战事,才逐渐安定下来,保证了这块土地的平安。

我在冶力关没能见到汤大夫,他带医疗队去夏河县了。老温说得没错,"老哥们回天津再聚吧。"这次深入生活,当真拓展视野。现在看来,中央政府要求有能力的地区和单位对口支援西部欠发达地区,确是"国"的视野,是用一点一滴的实际行动,修补不同地区间已经出现的经济、生活、医疗、教育等各个方面的不平衡,使多维的社会结构不至于出现断点,使欠发达地区民众的生存条件得以逐步改善。这次亲见中国作协和天津市的对口支援活动,并行走于汉唐以降两千年的古战场,感慨良多,日后在这方面,确是应该多关注些才好。

入花山可称高士

　　前不久我住过一家名为"花山隐居"的小型酒店,在苏州城西天池花山脚下,没有电视,只供应素食,倒也对应了我这次太湖之行的目的:寻访隐逸文化遗迹。临行之前我也曾问自己:当今资本横行之盛,物欲膨胀之强,雄心壮志之大,可谓前无古人,人们都在忙于追求各自的目标,谈隐逸给谁听?我给自己的回答是:纵观汉文化五千年传统,只有盛世才会出产两种特殊人群,第一,贪墨之官;第二,隐逸之士。因为安定与财富是这两种文化的社会基础,是必须的前提;与盛世相反的是,乱世只会出现遗民、难民和残民以逞的军阀。

　　"花山隐居"自带苏式小巧庭园,茶花、青竹掩映的白粉墙上嵌了块石雕牌匾。我没细看书家的落款,只觉楷书秀润有余，上书："庆泽绵延"，应该是移自某处旧宅。我用手机播放石慧儒演唱的单弦《风雨归舟》："卸职入深山，隐云峰，受享清闲。闷来时抚琴饮酒，山崖以前。"将那块牌匾和这段插曲搭配一处，让我突然有一种恶作剧的感觉，因为近年来，有些贪官相信，最应该"绵延"给后人的不是"积善之家庆有余"的"庆泽"，而应该是钱与权。于是，对于他们来讲，"卸职入深山"，造福桑梓就不必了，况且他们心中还有着深刻的忧虑，为昔日同谋者的牵扯担忧，为在职时的"政绩"追责担忧，因此，"浮槎泛海"，避居他国，便成了他们侥幸的选择。而那些心有余悸却没能"泛海"的卸职贪官，就只能感叹"览镜唯看飘乱发，临风谁为驻浮槎"了（包佶《岁日作》）。

说起"卸职入深山"，紧邻酒店的天池花山倒是个好去处，因为山上有一处相应的遗迹。这座小山不高，散步正好。山的本名叫"华山"，篆书"华"与"花"为两个字，隶变之后合为"华"，只好另造了一个"花"字使用，而"华"与"花"却一直通假，给我写这篇短文带来不少麻烦。吴中人文荟萃，山道边高品位的摩崖石刻颇多，山腰处有块坐榻大小的光滑圆石，镌有"且坐坐"三字，恰为歇脚之所，乃是前人的意趣。山中有寺，据说由东晋高僧支遁所开创。

今天支遁的名声不算甚高，但他的朋友许多人都知道，如书圣王羲之，如因"淝水之战"取胜得保东晋数十年的"江左风流宰相"谢安。这座山寺名叫"华山翠岩寺"，青石匾额，字体颇多《西狭颂》的味道，好看得很。寺名匾额的落款为"前国务总理农商总长李根源敬书，住持果门立，民国二十年"，这个落款上应该只有"李根源"三字楷书为本人书写，其他衔名之类的，大约是住持果门制匾时请书家添补的。

我在这里为什么一定要纠缠匾额落款这点小事呢？因为落款的时间为"民国二十年"，即公元 1931 年，在此八年前，曹锟贿选总统成功，李根源作为老同盟会员，再造共和的功臣，"滇军"领袖之一，自然是不肯与贿买总统的直系军阀合作，便南下苏州隐居奉亲。

中国的隐士主要为士隐，所谓"大隐隐于朝，中隐隐于市，小隐隐于野"只是一个统称，细分起来，最常见的乃陶渊明式"采菊东篱下""戴月荷锄归"的"农隐"。也有贾岛、李叔同一类的"僧隐""禅隐""道隐"。或者"竹林七贤"那般饮酒、服药，清谈机辩的"狂隐"。还有范蠡畏惧"狡兔死，走狗烹"，功成身退式的"避隐"。以及名画《韩熙载夜宴图》中描绘过的，"以醇酒美人自污"式的"自污隐"。甚至还有曹振镛式的"少说话，多磕头"，历任三朝宰相的"磕头隐"等等。在汉文化儒释道三大支柱之下，往往将隐逸行为归结为消极主义，关于这一点，本人不大赞同。其实，能称得上隐士的，不论是哪一种，都算得上是有学识、知进退的聪明人，对于他们来讲，最常见的隐居目的或为"避祸"，或为"自省"，或为"放下"，对于个体的人来讲，这些行为都有着内在的积极意义。而对于另一类隐士来讲，隐居既是"用之则行，舍之则藏"，也是一次将个人才能转向新目标，重新定位人生价值的机会。李根源便属于后者，他是那种身体力行，积极行动，造福于他人的隐居。

苏州有一处"英雄冢"，与花山隐居同在吴中区，也就是李根源"卸职入深山"后，创办农村改革会、小学、成人夜校、医院、公共浴池，并且撰写《吴郡西山访古记》的吴县。就在他题写"华山翠岩寺"匾额后的第二年，即1932年，"一·二八"淞沪抗战爆发，举国震惊，李根源义不容辞，自然投入抗战工作之中。蔡廷锴的第十九路军和张治中的第五军苦战一月有余，伤亡甚众。日中双方停战后，第十九路军和第五军撤至苏州休整，李根源动员各方力量救治伤员，并有诗记之，《慰问负伤将士》："民族血战场，丈夫意激昂。马革犹甘愿，何畏此金疮。敬如祖若宗，医治有吴依。一旦鄂瘵复，疆场再殄凶。"不幸的是，有七十八位将士伤重不治，李根源捐献自己的土地埋葬抗日忠骨，便是"英雄冢"。今天我们来到这片爱国英灵安葬之地，可以看到两块保存完好的石碑，一块为李根源篆书阴刻，形如滴泪的"英雄冢"三字，旁有题记曰："中华民国二十年九月十八日，日本陷我辽东三省。明年一月二十八日，复犯我上海。我十九路军、第五军与之浴血鏖战，至三月一日，援兵不至。日寇潜渡浏河，我军腹背受敌，二日全军退昆山。是役也，战死者万余人，异葬于苏州善人桥马岗山者七十八人。著姓氏于碑。题曰：英雄冢。中华民国二十二年四月朔日腾冲李根源题书。"由此我们可以说，不论是汉文化传统中的隐士还是隐逸文化，绝不是消极的自私自利，而是每当大是大非之前，其内心力量和行动力量之强大，往往会令出世之人大吃一惊。有关这一点，正是隐逸文化的精髓所在。

英雄冢前的另一块碑是张治中将军刀劈斧削般的楷书"气作山河"，旁有题记曰："李印泉先生（引者注：李根源，字印泉）在苏集前十九路军、第五军上海抗日一役殉国将士骸骨，凡七十八具，葬于马岗山之麓，命名英雄冢。以治中曾参附斯役属题。自维当时制敌无术，书此不觉愧悲交集，泪下如缕矣。中央陆军军官学校教育长、前第五军军长张治中。"这篇题记表达的乃是汉文化精髓之一的"耻文化"，所谓"知耻近乎勇"是也。张治中将军败于外寇，埋葬将士之时，勒石自责，所以才有"愧悲交集，泪下如缕"的文字。而"知耻"其实是隐逸文化的核心之一，这其中不单有张治中将军的自责之意，还有李根源先生当年"耻与为伍"的自洁。当今流行文化中，盛行谈论"逃离"二字，这也应该算作隐逸文化的一种现代表现吧，但有一点必须明确说明，隐逸不是自我逃避，更不是自私自利，而是自我砥砺，是对自我的再发现。所以，"逃离"之前，不妨先向前人学习一番。

曲靖美食机密

本人的"中华美食行"有个秘诀,就是选择尚未被游客大举攻占的路线行走,这次的目的地乃云南曲靖。说到曲靖,名声最大的便应该是《爨龙颜》和《爨宝子》两块石碑了。这两块碑当然是要郑重参拜的,至于美食,即使是"耳食",我也尚未听说曲靖的独特烹饪之术,所以,此一行可算是"盲行"。对于馋人来讲,没有清晰目标的摸索最为奇妙,往往收获于意料之外,可称大喜过望。

研究民国史料的时候,常能看到中药店的旧照片,墙上多半会大书"云贵川广(广西),地道药材"。云南药材品质上佳自不必说,即使是药膳师傅也知道这一点。于是,循着药膳的路子我一路吃将下来,果然发现本地一种药酒大是不凡,下肚不足一两,便感觉像穿了"里外发烧"的皮袍子，由内而外发热。此乃无汗之热，必是药料所至，寻问店主人，告知是"打屁虫"泡制的药酒。

"打屁虫"？本人最先记起的是中学课文，鲁迅先生的《从百草园到三味书屋》："翻开断砖来，有时会遇见蜈蚣；还有斑蝥，倘若用手指按住它的脊梁，便会拍的一声，从后窍喷出一阵烟雾。"斑蝥？我不由得心中一阵惊惧，因为我知道这东西。清末民初，洋货大举进攻中国的时候，这种东西曾经风行一时，名曰"西班牙苍蝇"或"西班牙小龙虾"，其实是本地商人将本地斑蝥焙干制粉，或泡制药水，在京津沪一些药店当作强力春药出售。后来这些东西被国民政府禁售了，因为斑蝥含有剧毒，害人不浅。据说现在的网络购物中，又有不少人在用这个旧骗术骗取轻信的网民。我再细问店主人，他说"打屁虫"也叫"九香虫"。

说到"九香虫"便有趣了，因为它引出了一剂验方和一个人物。明代嘉靖年间有位宁波人张时彻，仕途不算顺利，最风光时任了个闲职"南京兵部尚书"，不想倭寇来袭，张尚书一连三天紧闭坚固的南京城门，拒不出战。他此举虽然保护南京城免于袭扰，却被著名的奸相严嵩之子严世蕃盯住不放。于是张尚书"卸职入深山"，回家著书立说，流传至今最有名的，却是他搜集单方、验方，编纂而成的

《急救良方》和《摄生众妙方》。"九香虫"便是《摄生众妙方》中"乌龙丸"的主药，至今这个验方仍有医生和药厂在使用，有"利膈间滞气，助肝肾亏损"之功效。

《本草纲目·虫部第三十九卷》李时珍曰："九香虫，产于贵州永宁卫赤水河中。大如小指头，状如水黾，身青黑色。至冬伏于石下，土人多取之，以充人事。至惊蛰后即飞出，不可用矣。"今日所用的九香虫，有药效的仍然只出产于"云贵川广"，在中药里属于"强壮药"，有扶衰弱的功效，并没有"以充人事"的作用。只是，此物能引发内热，所以用药时才有"凡阴虚内热者禁服，阴虚阳亢者慎服"的告诫。

想到此处，我已酒至半酣，两碗滚热的乌鸡汤下肚，汗也催将出来，便停杯止饮。借着九香虫，我想到了中药在汉文化传统中的隐逸意味，由此向前延伸，不由得想起将中药材入诗入文这个话头。在传统中国文人生活中，"医卜星相"乃是读书人考取功名路上的"课外读物"，甚至许多"正途出身"的官员，原本就有家传的医术，只是祖上弃医入仕，才将医术当成了业余爱好。这也就难怪《翁同龢日记》中常会记录，他请来给母亲、侄子、妾室看病开方的医生，多半都是他在翰林院或詹事府的同僚。

说到中药材进入文学作品，我想到的是那位"把吴钩看了，栏杆拍遍"，能文能武，满怀孤愤的辛弃疾先生。他的《静夜思》用了二十多味中药材，讲的却是一个战争时期情深意切的离散故事："云母屏开，珍珠帘闭，防风吹散沉香。离情抑郁，金缕织流黄。柏影桂枝相映，从容起、弄水银塘。连翘首，掠过半夏，凉透薄荷裳。　　一钩藤上月，寻常山夜，梦宿沙场。早已轻粉黛，独活空房。欲续断弦未得，乌头白、最苦参商。当归也，茱萸熟地，菊老伴花黄。"

　　唉！读罢辛稼轩先生的这首词，不禁感叹。如今只是所谓大数据级别的初级网络时代，许多人却连读上一两页书都嫌麻烦，哪里还会有闲情弄这种雅致的文字游戏。科技进步确实有他的便利之处，然而，反思少了，趣味少了，尤其是细细味品有限人生的时刻少了。一二十年的岁月，囫囵吞枣般过去，可惜呀！

曲靖美饭地图

对于曲靖的美食，此前我只简单将它归类于云南菜，如今发现自己错了。旅行归来写这篇小文时，专谈"美饭"而不说美食，是因为曲靖特产太过丰富，树上摘几簇花，树下采几朵蘑菇，田边地头有各色野菜、青菜，给你拔根白萝卜居然像梨一般清甜，其他各色肉食自不必多说，样样可算山珍，专论佳肴足以写一本书。所以，这次我们只说"饭"。

第一站罗平，正是油菜开花的时节，奇特的喀斯特地貌，让山"种"在花海里，不亲自面对，很难形容那种观感，内心深处涌动的，居然是那种经过长途人生跋涉，蓦然发现了一块终老之地的宽慰；或者，这种海量的明黄色和山丘远近皆宜的柔美曲线，让人感觉仿佛终于找到了失去已久的珍宝。正是带着此等心情，我品尝到"罗平花米饭"。

这种花米饭在其他地方叫"五彩饭"，使用的染色剂有很大不同。在罗平，此饭是布依族人独特的传统。米当然得用本地出产的糯米，红黄黑紫白五色。白色米自然未经染色，染黄色米使用的是姜黄的根茎，有行气破瘀的药效，自古便是重要的染色剂，如今东南亚各菜系使用较多。红色和紫色米，用的是紫色与红色两种红蓝草，粉碎后用水浸汁，再拿来染米。红蓝草是多年生草本植物，有解表、清热、活血通经的功效，可治感冒和痛经。黑色米的染色剂通常只说是枫叶和枫树枝，其实，在曲靖使用的应该是厚叶槭的枝叶，将叶子剁碎与少量树枝一起浸水，然后用来染出黑色米。枫树和槭树的叶子在秋天同样灿若晨霞，也同样有祛风除湿、行气止痛的功效。有的人将这种黑色米饭称为"青精饭"，其实是与江苏南部用乌饭树汁染成的晒干熟米弄混了。诸君试想，面对罗平的千顷花田丘山，艳阳西下，手捧一碗五色灿然的米饭，心知此物非但有温中理气之药效，更能疗饥解馋，这是何等的惬意。

第二站师宗，这里有座菌子山，因是初春，菌子还没有生长，但乔木、灌木和地衣等植物已经开花了，有两种杜鹃花可食，野核桃花可食，棠梨花可食，红花木莲树干上的寄生植物可食,还有许多可食的植物。山道不险,铺路的石块上刻了壮族的象形文字,等游人走得久了,应能生出古意。师宗可能是全国最大的薏仁米种植基地,《本草纲目》曰:"苡仁健脾,益胃,补肺,清热,去风,祛湿。增食欲,治冷气。"据说近年来还有人发现,薏仁米有抗癌的功效。

我们在山下不单遇到薏仁米粥,还巧遇了"荞粑粑"。听名字便能猜测,这是用苦荞面粉烙制的发面圆饼,色泽棕灰,口感绵软,麦香浓郁。苦荞这种高海拔植物产量很低,却是极好的保健食品,除去能抗氧化,清除体内自由基,延缓衰老这种时尚的功效,还能预防和治疗现代人最为常见的各种心脑血管疾病,甚至能预防和治疗肿瘤与癌症。对于我来讲,最重要的是"荞粑粑"好吃,涂上"百花蜜"则更好吃。这种百花蜜,指的是菌子山中的养蜂人冬季割取的蜂蜜,入口味道不冲,在舌面上刚刚融化,种种花香便纷至沓来,让我顿生"如坐春风"之感。

晚餐是壮乡家宴,壮族青年以情歌相劝,米酒酸甜适度,难得之处在于,这酒入喉居然是宜人的清爽。远山近水,满座高朋。鸡肉盛之以盆,鸡骨坚硬如石,这必定是每日觅食山珍的结果,难怪远古时代人们会用鸡骨磨制缝纫针。

第三站陆良。饵块在云南各地都有，烧饵块很著名，但蒸饵丝却是曲靖的发明。此物要将米粉制作的饵块泡上一夜，切成细丝，放在甑子里蒸透。调料很重要，酱油须加香料熬过，肉酱更是精制，韭菜与绿豆芽焯至半熟。挑半碗热气腾腾的饵丝，浇上调料和配菜，再来一碗漂着青葱的骨头汤，下肚之后，只有一个词可形容：舒服。哪怕走遍全世界，此物只在曲靖能尝到，用来当早餐，舒服。

第四站沾益，好酒、好菜、好饭。沾益的好饭是豆焖饭，初春正当时令的鲜蚕豆，农家自制的火腿，还有好糯米，所谓丰衣足食中的"足食"，便应该是这种感觉。好菜是我终于学会像云南人那样"打个蘸水"，辣是烤香的干辣椒碎，麻是花椒面，酸是树番茄、酸木瓜，香是各色干果炒熟舂碎，还有根据不同主料搭配的八角、草果、肉桂、茴香等种子类香料，或者薄荷、折耳根、芫荽等新鲜香料。不论蔬菜、肉食，上一道菜配一道蘸水，调料用的汁水则是这道菜的原汤。保持主料原味的烹调，在这里叫"淡菜"，蘸水则是食者各依口味，自我服务，一餐下来，满桌热闹。有佳肴不能没有佳酿，今晚我尝到了用黑苞谷酒泡制的蜂蛹酒。这是真正的高度数"烧刀子"，袁枚将烧酒称之为"酒中之贼"，指的是烧酒锋利的口感与强大的醉人力量。泡酒的蜂蛹是著名的杀人蜂,学名"金环胡蜂",体长达四十毫米,乃世界上最大的胡蜂,攻击性极强,毒性也极强。这蜂蛹的药效目前尚有争议,但泡制成酒,确有奇效,可谓醉足趄趄,如登云端。

第五站会泽。如果有人告诉我,有一处二十万亩之巨的草海,我多半会认为这不是中国。如果那人告诉我这二十万亩草海上生长的十有八九是中草药,我多半会猜测那地方应该在我未曾到过的西藏。其实,这个地方就在会泽,名曰"大海草山",海拔三千八百八十四米。因为季节尚早,起伏和缓的大海草山还没有返青,只是一片辽阔的褐黄色,为此,我多么希望能在它开花的时节来到此地,那将会是怎样的奇观,那是图片和视频都难以表达的观感,特别是加上高原缺氧的晕眩,应该是一种迷醉吧。

在大海草山上,我巧遇一种新奇的饭,"牛粪烤七彩洋芋"。美食的妙处,不单指食物本身,更重要的配料还有"美景"。大海草山,这种铺天盖地而来的壮观,只称其"开胃"怕是有些亵渎了。前段时间,中央政府决定将节水、节地、节肥的土豆作为"第四大主食"进行推广,而土豆在云南叫作"洋芋"。我于高原上尝到的这种洋芋,只在有关秘鲁美食的纪录片中看到过,鸡蛋大小,皮色黑得发蓝,里边的肉质是一圈圈青莲色的花纹，如烟熏妆的媚眼，含有足量的花青素可供驻颜。好吃吗？当然好吃，干牛粪的草药香，土豆淀粉烤熟后的焦香，还有七八种调料供自由搭配。举目望去，一只巨大的鹰展开双翼在静静地翱翔，是翱翔啊，是这个词汇最为本真的表演！这是多么奢侈的进餐，不到会泽，无法想象。

　　曲靖五日，印象之深刻，不仅仅是满足了好奇的口腹之欲。于是我打算换个季节再来，至少要让我能够坐在大海草山的中草药花毯上，再一次品尝牛粪烤洋芋，再一次观赏巨鹰展翅翱翔。

乾隆一日

今年在下的中华美食行，选在盛夏前往福建省建宁县，为的是"建莲"，因为伏天采收的莲子最好吃，回家后想写一篇文字，思绪中浮现的却是《汤头歌诀》，"八珍糕与小儿宜，参术苓陈豆薏依。淮药欠莲糯粳米，健脾益胃又何疑"。当今之世，民众苦心戮力三十余载，蓄积些资财，理当看重养生续命之事，于是便向那最为富贵长命的人物学习，不二人选自然是乾隆皇帝了。这位"十全老人"的养生秘诀之一，乃药膳"八珍糕"，其核心原料正是建宁县的莲子。

乾隆一朝，每年端午、中秋、春节，闽浙总督和福建巡抚依例须各自进贡建莲四箱。据《钦定大清会典则例》，盛京将军等东三省的军官，也因为入关前的旧例，须采买"建莲肉、茶食、干葡萄、麒麟菜"等物进贡。除他们之外，全国还有一位官员曾经进贡莲子，便是山东巡抚。只是，乾隆四十四年四月上谕："向来端午节，督抚等并无进贡之例。惟两江、闽、浙、湖广等省，所进土贡，有在端节呈递者……乃今岁各省督抚，亦复一例呈献，殊为非理。现已谕令奏事处，将山东、云南、贵州等省所进物件概行发还，不准呈览。"这便意味着，至少在乾隆朝后期，宫廷所用莲子，唯有"建莲"一种，因为，乾隆皇帝在上谕中批评不循旧例，争相进贡土产的各省督抚"殊为非理"，这话可是很严厉的。

既然从建莲说到八珍糕，又说到乾隆皇帝，我们不妨选择历史上的某一天，看一看乾隆皇帝御膳中的建莲，顺便揣测他这一天过得怎么样。

从《驾行热河哨鹿节次照常膳底档》中，我们选出"乾隆四十四年六月二十八日"，即公元1779年8月9日。此时，乾隆皇帝六十九岁，住在承德避暑山庄，他的"十全武功"已经完成了六项，年龄最小的皇十七子永璘十三岁，最小的皇十女六岁。

这是他生命中最为寻常的一个夏末秋初之日，早朝时只因荆州洪水发了一道上谕。自从去年年末处置了徐述夔反诗案，因为"明朝期振翮，一举去清都"和"大明天子重相见，且把壶儿搁半边"等几句诗，将他们父子戮尸，其孙问斩；将主政的江苏布政使判了斩监候，将为其作传的已故礼部尚书沈德潜撤出乡贤祠，并将他的御赐碑推倒，磨去碑文之后，朝野上下安静得很，可谓"国泰民安"矣。此刻，全国上下可忙碌的只有一件事，就是皇上明年的七十大寿。

清代皇帝用膳有定例，早膳时间为早朝后的"辰初"，也就是早晨七点钟，地点多半会在寝宫。今天的早膳摆在承德避暑山庄的寝宫烟波致爽殿，此处有乾隆皇帝手书对联"雨润平皋桑麻千顷绿，晴开远峤草树一川明"。乾隆皇帝坐在北面炕上，身后高处乃康熙皇帝洒脱的四字大匾"烟波致爽"。膳食用折叠膳桌摆在炕上，由近侍太监胡世杰伺候，以适合老年人食用的软烂菜品为主。这天早膳排位第二的主菜，乃御厨陈克柱所做"燕窝莲子猪肚一品"，所用莲子自然是建莲了。

今天我们到建宁县，多数餐馆都能吃到这道菜的简化版"猪肚莲子汤"，里边虽然没有燕窝，但多半会撒上几粒青葱或芫荽以增鲜香。根据在下的研究，我怀疑乾隆皇帝毕其一生，大约也没能尝到过这两种调味蔬菜的滋味，因为，明清两代的太监在管理内廷饮食上别有心法，除去白菜、萝卜、倭瓜、蔓菁疙瘩之类可以长期储存的蔬菜之外，其他时令菜是一概不许皇上吃的。翻查清宫膳食档案，本人只发现三种时令蔬菜。一种是菠菜，多半是以猪肉菠菜馅包子的形式出现，为此，我们有理由怀疑，这菠菜应该是晒干存储的"干菠菜"。另外两种是茄子和韭菜，我们后边会提到它们。如此单调食谱居然要吃上一辈子，这也就难怪聪明绝顶的乾隆皇帝初次下江南时，驾幸常州天宁寺，硬是赖在寺里不走，中午蹭了和尚一顿素斋，并赞叹曰："蔬食殊可口，胜鹿脯、熊掌万万矣。"而他到了苏州，便带着获罪归乡、前来迎驾的三朝老臣张廷玉和两名太监，悄悄跑到寒山寺，又吃了一顿素斋。

六月二十八日这天虽然是个寻常日子，但乾隆皇帝不可能心中无事，因为，他早膳时或许没吃那道"燕窝莲子猪肚"，有关此处揣测，我们后边再讲。乾隆皇帝此刻需要操心的事情，最大莫过于六世班禅巴丹益喜为祝贺乾隆皇帝七十大寿进京一事。此前两三年的时间，这件事便已决定，乾隆皇帝下旨在避暑山庄北面仿照扎什伦布寺建造的须弥福寿寺，此时已近完工，这是专供六世班禅的驻锡之所。从今年春天开始，他一直在密切关注六世班禅进京沿途的道路修护和供应情况，特别是班禅在青海塔尔寺过冬的准备,几乎每个月都有上谕。六月初,"驻劄西宁办事副都统法福礼奏,据驻藏大臣咨称,班禅额尔德尼于本年六月十七日起程,明年二月可至热河"。从后藏日喀则出发,班禅的随行人员有两千余人,时至今日还没见驻藏大臣的奏折,不知班禅本人是否已经动身。这件事对乾隆皇帝来讲,不论从治国,还是从重教的角度看,都很重要,也就难免关心许多。

乾隆皇帝每天只进早晚两膳,除此之外,须进茶点。早膳后熬茶时,太监送来"八珍糕一品",皇上吃了四块,显见得早膳无食欲,此刻饿了。八珍糕的药方我们前边说了,但八珍糕在清宫是当作糕点食用的,强脾益胃、扶阳却虚的功效未改,但具体做法还须以史料为准。"乾隆四十四年三月十二日,太监胡世杰传旨:'叫你们做八珍糕。'所用之物:人参二钱、茯苓二两、山药二两、扁豆三两、薏米炒二两、芡实二两、建莲肉二两、粳米面四两、糯米面四两,共为极细面,加白糖八两和匀。蒸糕面具系药房碾,碾面时,总管肖云鹏、张顺,太监胡世杰,药房首领田福,堂官陈世管看着。蒸糕、蒸汤时晾凉了,每日随着熬茶时送。"至于每日食用八珍糕有多大功效,目前尚无科学定论,反正乾隆皇帝寿享八十九岁。

说到建莲,乾隆皇帝也许还会想到一事,圣祖康熙皇帝当年甚是宠信内务府包衣曹寅,六次南巡,五住其家。曹寅死后家败,其孙曹霑十几年前也死了,留下一部小说稿名曰《石头记》,内容颇为不合时宜,里边有两处写到建莲,例如"建莲红枣汤"。然此刻谁也不会想到,十二年后,这部小说以《新镌全部绣像红楼梦》为书名,由萃文书屋出版一百二十回的活字本,至今红学界称其为"程甲本"。

午前,"太监胡世杰传旨,晚膳如意洲伺候,上拌馅抱水食恭进皇太后,赏人饭食,钦此"。特地挑出这段话来研究,因为有两处内容需要简单解释,其一,"上拌馅抱水食恭进皇太后",应该是皇上亲手调馅,然后手捧煮熟的水饺送给皇太后。乾隆皇帝的嫡母孝敬宪皇后早已去世,而他的生母孝圣宪皇后钮祜禄氏于两年前刚刚去世,此刻他尚在守孝期内,所以才为生母亲手调馅,奉食以飨。其二,"晚膳如意洲伺候"。承德避暑山庄的"如意洲"乃位居水中央的一组建筑群,大约二百多间房屋,乾隆皇帝喜欢白天在这里读书、习字、做诗,时常也会在延薰山馆和双松书屋两处用晚膳。

乾隆皇帝喜欢做诗,《御制诗集》收录四万余首,水平不高,只是产量大。这首《斋居即事》不知所作何时,但颇为恰合今日情境,诗曰:"雨后节迟暑尚悭,凉生秘殿远尘寰。对时已惕阴将长,抚序应知岁渐屡。心尚清明敢辞老,政关治忽戒偷闲。斋居永昼闲原有,诗本黄绫手自删。"虽说乾隆皇帝为人顾盼自喜,但志向远大,才高聪敏,为政勤勉乃是事实。

乾隆皇帝也喜欢书法,墨迹遍及大江南北,后代书法家颇多诟病,但他那是"帝王书法",各地名胜经他题写,身价百倍,因此,文人书法与其毫无比较的意义。他的书法水平虽不甚高,但他的鉴赏水平却是一流的。他的三希堂收藏有王羲之的《快雪时晴帖》、王献之的《中秋帖》和王珣的《伯远帖》墨迹。早在乾隆十二年开始,他便敕谕吏部尚书梁诗正、户部尚书蒋溥等人,将内府所藏历代书法作品,择其精要,勒石拓纸。至乾隆十七年,收录魏晋至明代法书,刻石五百余块,精拓装帧三十二册,名曰《御刻三希堂石渠宝笈法帖》。这一套法帖,对后世中国书法影响甚深。

另有相关一事,应该就发生在本月的某一日吧,乾隆皇帝收到自闽浙总督升任疆臣领袖直隶总督杨景素的"谢恩折子"。这个奏折只是常例,但其中也许会有一张"夹片",向皇上奏明,他在福建购得前明降臣,世祖顺治皇帝的中和殿大学士冯铨将私人收藏历代法书摩刻石上的《快雪堂帖》原石四百零八方，已运抵京城，并将其全部进献皇上。杨景素算是个会做官的，此举恰好搔到了乾隆皇帝的痒处。这位皇帝虽未明言，但其内心深处必定存着一个将他自己的《三希堂法帖》与宋太宗的《淳化阁帖》一较高下的心思，而《快雪堂帖》原石正是两相比较的最佳参考。

今秋回京之后，乾隆皇帝于年末特地写下《快雪堂记》，以记录这件赏心乐事。为了避免世人妄测，他在文中写道："乃今杨景素以快雪石刻来献，且云快雪石刻本故臣冯铨所集，其子孙不能守，鬻于闽之黄氏，兹黄氏复不能守，臣曾督闽，知其事，故赍之以献。欲却之则事已成，且举关翰墨，非贡谀逢恶之为，因受之，并筑堂为廊以嵌石版，以淳化轩之例也……然循名责实，三冬未逢时。玉蒿目焦，心又何有于悦目娱志？而阅古则增沧桑之叹，问今益凛好恶之戒。凡吾所为记，多出于志愧而不出于志喜也。己亥嘉平月上澣，御笔。"

这年夏天，乾隆皇帝前往承德避暑山庄，应该还携来一套图书《钦定西清砚谱》。这是他命文华殿大学士、《四库全书》正总裁于敏中，精选内府所藏砚台，上自晋王廙璧水暖砚，下至清初朱彝尊井田砚，共计二百枚，由宫廷画师门应兆奉敕描绘，仅缮录数部，分别收藏。去年书成，其中一部藏于避暑山庄，不知他在这个不甚忙的夏季，是否有闲情取出此书玩赏。二百多年后，2017 年 7 月 16 日，"西泠 2017 春季拍卖会"封面拍品"清乾隆御铭宋代端石七光砚"，便是《西清砚谱》中的一品，砚上御制诗曰："七柱分明朗七光，旋轮九气玉清祥。设如内景黄庭注，宜赠山阴内史王。"该砚最终以含佣金价八百八十五万元拍出，因一时好奇心起，本人查了一下此时北京二手房价，该砚价仅相当于北京朝阳区湖光中街与望京西路交叉路口，建筑面积九十一平方米公寓价格，真心不贵。

顺便说一句，大学士于敏中在那年十二月去世，《清史稿》中有传言说他是饮鸩自尽，此说不可信。然而，到了乾隆五十一年，乾隆皇帝颁发谕旨，斥责于敏中仰赖圣恩，招权纳贿，涉嫌甘肃贪污大案，"于敏中拥有厚赀，亦必系王亶望等贿求赂谢"，于是，下旨将于敏中的灵位撤出贤良祠。

那年十二月还有一位大臣也死了，就是前边提到的进献《快雪堂帖》刻石的直隶总督杨景素，到了明年，他因生前"操守不谨"，家产被抄，儿子充军伊犁。

话说远了，还是回来说六月二十八日的晚膳。因《驾行热河哨鹿节次照常膳底档》只记载了"晚膳如意洲伺候"，我们不妨假设是在延薰山馆吧。这里有乾隆皇帝手书对联，"云移溪树侵书幌，风送岩泉润墨池"，确实是读书写字的好去处。乾隆皇帝的晚膳时间为"未正"，就是下午两点。当日菜品无非是酱汁鱼锭子、炒鸡炖锦子、蜜豆烩鸭子、肥鸡丝火熏白菜丝等等，都是些不讲究火候，久蒸不烂，可随时上桌的常例宫廷菜。此等菜品，今日之人别说吃上一生，就算是将一个月的菜谱读上一遍，都会替明清两代的皇帝倒胃口。

当日晚膳略有不同的是，在主食猪肉茄子馅烫面蒸饺和猪肉韭菜虾米馅水食（水饺）后边，又送上来"燕窝莲子猪肚"和羊肉片两道菜，这必定是早膳未曾动用，上笼屉热热，晚膳二次上桌。类似的事情在宫中很正常，乃皇帝节俭惜物之意。也许有读者会问，为什么御膳中没有今日常见的牛肉？因为牛乃农耕力畜，清廷禁止宰杀耕牛，所以，宫廷禁食牛肉，也是避免上行下效，劝农爱民的好意。

乾隆四十四年六月二十八日，平淡无奇的一天就要过去了。用膳时，乾隆皇帝照例要将部分菜品赏给妃嫔们，皇十女的母亲惇妃，早膳赏的是"果子粥一品"，晚膳赏的是"攒盘肉一品"和"烂蜜豆一品"。据说这位惇妃性情暴烈，去年曾因打死宫女被降级为"嫔"，最近刚刚复封为妃，这算是乾隆皇帝的家务事。而公务则是，两个月后，未满三十岁的罢职军机大臣和珅被任命为"御前大臣学习行走"，这可是只有王公贵胄和额驸(公主的丈夫)才有资格担任的尊贵兼职。自此，和珅的权臣之路算是一帆风顺，十年后，乾隆皇帝将自己的掌上明珠，惇妃亲生的皇十女固伦和孝公主，下嫁和珅之子丰绅殷德。这对和珅算是备极荣宠，同时，因为得到皇上的信重，和珅这家伙贪欲日增、权欲日广也是必然。

　　东拉西扯这么许多，文章最后仍须回到建莲上来，才算收题。三伏天气，在下学习烹制从建宁带回的干莲子，初有心得。莲子绿豆汤乃盛暑佳饮，但绿豆、莲子不能同熟，须待绿豆煮得"伸了腰儿"之后，再下干莲子，莲子熟糯之时，绿豆恰好开花出沙，结果自然是汤清豆绿且莲白，清热解暑，自不待言。另外在下还尝试腌制建莲酱菜，其实是照抄腌制花生米的老方子："老干妈"空瓶一只，肉桂、香叶各两片，生姜拇指大一块切碎片，青红辣椒各一只切圈，冰糖七八粒，与建莲混合，装瓶八分满，最后注入好酱油即可。写罢满篇肥鸡大鸭子的御膳，腌点酱菜解腻，也算是效法先贤"断齑画粥"的遗意。至于这酱菜滋味如何？七日之后，在下代君品尝。

君但倾茶碗

"带着折纸去旅行"算是本人的爱好,随身读物中常备两枚书签,用友禅千代纸亲手折成,纸内写上唐诗集联或《诗经》的句子,如贯休、李洞的"瓶担千丈瀑,禅起一盂冰",或王维、喻凫的"荷锄修药圃,煮茗就花栏"之类,机场、车站,遇到读书之人,不论男女老幼中外,便分赠其一枚,并收获一张笑脸。只是,如今读纸质书似乎变成了奢侈之行,于是,本人常常行至终点,书中还是两枚书签。除了折纸,本人旅行还有一个名号,叫"中华美食行",此乃馋人不避嫌,说明白了反倒坦然。

此次前往福建省平和县,是本人最喜欢的一类旅行目的地:地处偏僻,游客尚未大至。最初听说平和县,想当然以为是白话文运动之后的命名,不想居然已经建县近五百年，乃先贤王阳明至南赣平定民变后，将南靖县一分为二，奏请新建的县域。将此县命名为"平和"，王阳明或许是取自《礼记·乐记》："感条畅之气，而灭平和之德。"大约是希望此县从此宁静祥和，百姓不再偏激之意。

阳春三月来到闽南，汤是一定要喝的。降燥，清肺热的石橄榄排骨汤，药材生长于海拔九百米以上的深山林荫。健脾化湿的佛掌榕番鸭汤有奇趣，番鸭怪模怪样，药材则像引火的劈柴。还有祛风化湿、舒筋壮骨的春根藤猪脚汤等等，皆是应时当令，调养身体兼疗馋疾的佳品。

平和多山，山菜必有佳品。清炒紫背天葵，不单美味，也是清热解毒的药膳。第一次尝到"荞葱"，其实是整株的"荞头"或"薤头"，因是初春时节，根部鳞茎尚未长成，用咸肉来炒，格外鲜美。荞头是中国传统名菜，古名叫"薤"。

汉代有一首著名的挽歌《薤露》："薤上露，何易晞。露晞明朝更复落，人死一去何时归。"（《乐府诗集·相和歌辞二·薤露》）讲生命如薤上的露水般脆弱，却不似露水可以再生。据说这首《薤露》和另一首挽歌《蒿里》，同为田横的门人所作。田横乃齐国贵族，争天下失利，带领五百壮士浮槎入海。后人钦佩田横之高节，主要在其"守义不辱"。汉高祖招田横进京，行至距洛阳三十里的肖阳山，也就是义不食周粟，采薇而食的伯夷、叔齐饿死之地，"（田横）谓其客曰：横始与汉王俱南面称孤，今汉王为天子，而横乃为亡虏而北面事之，其耻固已甚矣。且吾烹人之兄，与其弟并肩而事其主，纵彼畏天子之诏，不敢动我，我独不愧于心乎？且陛下所以欲见我者，不过欲一见吾面貌耳。今陛下在洛阳，今斩吾头，驰三十里间，形容尚未能败，犹可观也。遂自刭，令客奉其头，从使者驰奏之高帝"。为此，后人谈论"耻"这一微妙的汉文化传统时，常会举出田横为例证。

田横的五百壮士守在海岛上，等来的却是田横自杀的消息。本人凭空悬揣，或许这五百壮士就是唱着《薤露》和《蒿里》自杀的。后人佩服田横有得士之能，但更多的应该是感叹这五百"士人"对汉文化传统中"义"的贡献。《蒿里》唱道："蒿里谁家地，聚敛魂魄无贤愚。鬼伯一何相催促，今乃不得少踟蹰。"

平和县最常见的果脯是"冬瓜条"，用糖腌冬瓜制成，全国各地都有，而平和人则是用来礼佛祭祖。本人到九峰镇都城隍庙，原是来拜访荣任此地城隍的同行先辈王维先生。不想王维先生被请到乡下去了，本人只得坐在堂口，品"奇兰白芽"好茶，以冬瓜条为茶食，与同行友人猜测王阳明先生五百年前为何会请王摩诘居士来当平和县的城隍，结果自然是莫衷一是。不过，明太祖当年封县城隍为监察司民城隍显佑伯，职位正四品，诗人王维先生做过正四品下的尚书省"右丞"，后人尊称其为"王右丞"，应该算是职位相当吧。从另一方面讲，王维先生或许与王阳明先生同宗，又是多才多艺大诗人，平和县产名茶，王维先生有与茶相关的好诗，请来做城隍，也算是相得益彰。最后录一首王维先生雅人深致的小诗，结束此文："公门暇日少，穷巷故人稀。偶值乘篮舆，非关避白衣。不知炊黍谷，谁解扫荆扉。君但倾茶碗，无妨骑马归。"(《酬严少尹徐舍人见过不遇》)

苟利国家生死以

　　站在虎门的威远炮台四望，南边是著名的穿鼻洋，西南是横空而过的虎门大桥，北边是工商业繁盛的虎门镇，东边则是珠江的出海口。我到过不少古战场，唯在此处感触最深，不单单是因为第一次鸦片战争，主要是因为林则徐。在人类历史上，任何一位名臣都不会产生于偶然事件或某次壮举，更不会是一时侥幸或因缘际会。五千年来，生活的本质从未发生变化，我们完全可以通过对林则徐个人经历的简单分析，来阐释这一点儿深意。

　　林则徐出生于福建侯官，十四岁考中秀才，十九岁（公元 1804 年）中举人，聪颖早慧是不用说了。决定他人生品质的第一阶段学习和历练，是他中举之后的七年时间。这个人生阶段，很像是今天的大学应届毕业生，如何走出书斋面对社会,首先是态度,其次是方法。林则徐初次进京会试失利后,便将谋生与学习拧成一股绳,于嘉庆十一年(1806年),到厦门担任海防同知书记（近似于今天的科员）,其中很重要的一部分工作,就是处理洋船贸易。这是林则徐学习政事的开始, 也是他成为实干家和一代名臣的开端。

这期间,正是中国与欧美各国贸易战最胶着的时候。据说林则徐就是在此时学习的英语和葡萄牙语, 这种利用工作之便,为自己增长新技能的方法,几乎是每一个事业有成者的共同经验。这一点儿外语能力,让他日后成为封疆大吏时,常年组织有识之士,翻译欧美各国的相关资料,以供参考。没有这种早期的见识和用心,哪得日后的成果。后来思想家魏源将林则徐和幕僚们翻译的文章编辑成书,印行全国,便是著名的《海国图志》,对清末民初的洋务运动、实业救国和民智启蒙产生了难以估量的影响。

入职后不久, 林则徐的才能受到福建巡抚张师诚的赏识,将其延聘为幕僚(私人聘请的助手)。进入省级长官的幕府,参与地方事务处理并为长官代写奏折,是林则徐学习政事的第二阶段。奏折是清代各省督抚与朝廷首要的沟通方法，从《林则徐全集》中看，他任巡抚、总督后的奏折必定有许多是由幕僚代为起草，但里边的思想、主张和文风都是他本人的，这一点与他在张师诚身边的早期训练密不可分，于是才会有我们至今传诵的名句："鸦片流毒于天下，则为害甚巨，法当从严。若犹泄泄视之，是使数十年后，中原几无可以御敌之兵，且无可以充饷之银。"

文字工作外，林则徐对海防、军事、民政和水利诸方面都下了很大功夫，特别是在巡抚张师诚剿灭海盗蔡牵的过程中，他参赞其事，增长见闻，经受锻炼。我一直认为，林则徐应该是在这个阶段确立的人生目标，他要成为"治世之能臣"。把这个问题放在今天也很实用，如果年轻人大学毕业后，主动将就职当成读研究生，将微薄的薪水当成奖学金，十年八年过后，自然会发现自身的专长，于是，人生目标也就显现出来，后半生自然少走弯路。

嘉庆十六年(1811)，二十六岁的林则徐为自己赢得人生的第一个重要转折点，他以殿试二甲第四名高中进士。用现在的话说，他这次殿试全国排名第七，加上年轻，钦点翰林是必然的。从翰林院庶吉士到江南道监察御史，林则徐十年京官，走的是清贵翰林正常升迁的路子，是他人生的第三个阶段。这期间发生了三件事：第一，林则徐这次会考的座师是人称"父子宰相"的曹文埴之子曹振镛，房师是名儒沈维鐈，并深得两位老师的赏识，自此，林则徐从乡塾教师之子成为"名门弟子"；第二，林则徐加入宣南诗社，结交黄爵滋、龚自珍、魏源等一批思想开放、年轻有为的益友；第三，精研水利，著《北直隶水利书》，当然，也正是因为这项长处，让他在江南道监察御史任上，上书弹劾河南巡抚琦善治水不力，引发洪灾，从此与他一生中最致命的政敌结怨。总的来讲，林则徐这一阶段在京城展示了清介的品格、活跃的思想、务实且敏而好学的工作态度，任何公正的上司都会认为他是可造之材和可用之才。

坦率地讲，站在虎门炮台上，望着缓缓而去的珠江水，我不由得要想，假如给林则徐换个时代，换个历史环境，他会不会成为另外一个人？想来想去我也找不出他改变自己的理由。像他这种不间断自我磨砺，不间断自我丰富，不间断扩大良师益友范围的官员，放到任何时代，他都会脱颖而出，都会走同样一条"治世之能臣"的道路。

此后，林则徐外放浙江杭嘉湖道台，多次调任升迁至湖广总督，这个过程是他人生的第四个阶段，是展示才能、实践施政方略、赢得朝廷信任的阶段，应该说，他此时已经实现了"治世之能臣"的基本目标。

下面我们直接谈林则徐的人生高潮——广州禁烟。在这里，有必要说明一下林则徐所处时代的特殊背景。中国自宋代以白银和铜钱为主要货币之后，元明清三代，对外贸易一直保持着极高的顺差，一方面原因是中国白银和黄铜产量很少，随着人口和财富的增长，货币供应严重不足，需要大量进口贵金属；二是中国的茶叶、瓷器、丝绸和成药等多种商品在国际贸易中占有统治性地位，西班牙、葡萄牙、荷兰和英国在美洲掠夺的白银因此大量流入中国。到清代中叶的时候，中国民间积累了巨额的货币与实物财产，也正在这个时候，英国工业革命取得成功，并传播到北美。于是，作为世界第一强国的英国，将国策从对外殖民掠夺财富，改换为倾销工业产品套取贵重金属货币，因此，他们的主要目标，必然会选择当时的世界第一富国——大清国。贸易全球化就是从这个时候开始的，全球的贸易战争也是从这个时候开始的。想想今天，中国又成为一个拥有巨额财富积累的大国，持续了一百多年且愈演愈烈的全球贸易战争，是我们今天仍然不得不面对的事实。

　　鸦片走私应该说是西方列强贸易战的核心手段，是受英国政府指使和纵容的"毁灭性武器"，因为，不论是来自英国的棉布等工业产品，还是来自印度的棉花等农产品，都不足以抵消他们巨额的贸易逆差。然而，当中国人自己将鸦片从镇痛、止泻的药品"鸦片汀"改造为令人成瘾的时髦消费品"鸦片烟"之后，局面发生了逆转，中国几百年来积累的纹银、西班牙银元和墨西哥鹰洋，随着鸦片走私，如珠江洪流般涌出国门。这种局面对大清国最直接的经济影响就是"银价暴涨"和"银贵钱贱"，用今天的话讲，就是鸦片走私让大清国同时发生了严重的白银"通货紧缩"和铜币"通货膨胀"，连带的恶性影响内容繁杂，就不列举了。

以上种种危害，林则徐在厦门任海防同知书记时已有所了解，但当时走私鸦片数量还不算太多，如今鸦片走私已经达到每年三万余箱，正在掏空中国的财源。只是，朝廷之中有关严厉禁烟与有限禁烟的争论已经进行了二三十年，双方争执不下。道光十八年(1838)六月，林则徐的朋友，鸿胪寺卿黄爵滋上书奏请"厉禁鸦片，严塞漏厄"。道光皇帝命各省将军、督抚各抒己见，妥筹禁烟章程。林则徐根据他任江苏巡抚和湖广总督时的禁烟经验，奏陈"禁烟方策六条"，支持黄爵滋严禁的主张。十月，林则徐再次上奏主张严禁鸦片，这才有了他的那段"若犹泄泄视之，是使数十年后，中原几无可以御敌之兵，且无可以充饷之银"的名言。

就在当下，我曾读到、听到一些私议，认为鸦片战争的起因是西方列强要求大清国"改革开放"，然大清国见事不明，未能早开放早受益。其实，一百多年来中国经历了三次开放浪潮，特别是"改革开放三十年"之后的今天，中国与西方强国的关系在本质上没有发生任何变化，只是全球化贸易战争更残酷，手段越发多样化而已。我从来不认为林则徐是个思想保守的封建官员，他应该是中国当时少有的具有世界眼光的有识之士，正因为他认清了鸦片走私是贸易战中的"致命武器"这一点，才会在广州动用激烈的禁烟手段。因此，如果将"虎门销烟"仅仅理解为一场禁毒引发的战争，或是当成西方列强寻求中国开放贸易的"正常要求"，便是一种狭隘的虚无主义历史观。

我此刻站在虎门炮台上，尝试体会林则徐当年的心情和想法。他被道光皇帝任命为钦差大臣，离京前探望生病的老师沈维鐈时说："死生命也，成败天也，苟利社稷不敢不竭股肱，以为门墙辱。"这是师门私语，有孔夫子"知其不可为而为之"的悲壮。而他禁烟失败，充军伊犁前所作《赴戍登程口占示家人》诗中的"苟利国家生死以，岂因祸福避趋之"，则应该是回顾他站立虎门炮台，眼望穿鼻洋时"天生我材必有用"的豪迈和"黄龙未饮心徒赤"的刻骨忧思。

林则徐广州禁烟和第一次鸦片战争的史事，以及林则徐致命的政敌琦善如何玩弄诡计，祸国害人以自保等事，大家在中学历史课上都曾学过，这里不再赘述。这篇短文主要探讨林则徐自我修炼，自我发展，将个人仕途与国家命运紧密结合的过程。

林则徐抵达广州，视察虎门炮台时，恰好五十五岁。我相信，林则徐应该清楚地知道，他半生平步青云的宦途，此时迎来了最深刻的考验，面临的也是前所未有的危局。如果他在道光皇帝驾崩前没有展示超人的禁烟决心与才能，而是选择做一个正常的好官，兴修水利，与民休息，平准法度，加上他的见识和洞察力，以及文笔凝练、思想精辟的奏章，还有满朝众多良师益友、门生故吏的拥戴，让他从湖广总督的从一品大员，入阁拜相为正一品的大学士，甚至像他的老师曹振镛一样画像入紫光阁，死后入祀贤良祠，应该不会太难。然而，我们绝不能低估中国传统知识分子官员的节操，正因为林则徐深刻的忧国忧民，不肯逃避责任，勇于担当，他才主动选择了这条为官之道中的险途。也正因为如此，虎门成为林则徐从"治世之能臣"转变为"一代名臣"的关键点。

君子慎独

来到福建省安溪县,有两件事是要做的,一是品尝铁观音,二是拜访康熙朝定鼎之臣,文渊阁大学士李光地的遗迹。李光地是清初理学大家,于《易》学下功夫最深。许是因为他出生在朱熹治学之地,而朱老先生号"晦庵",于是他便自号"厚庵"。在下此次探访安溪的目的,主要是因为一桩旧公案。浙东学派重要史学家全祖望先生十三岁时,李光地去世,多年后他对李光地的评价是:"其初年则卖友,中年则夺情,暮年则居然以外妇之子来归。"(《鲒埼亭集》)后边两条罪状甚牵强且与本文无关,而"其初年则卖友"的真实境况,则是在下所关心的。因为,在当今这个大变革、大危机、大发展、大进步的时代,"卖友"之事频发,参详前人所为,有益今人慎思慎行。

全祖望指称李光地出卖的友人，乃清初最为重要的文献学家陈梦雷。事情的原委并不复杂，虽然论争者的记述有所不同，但大致经过是：康熙十三年耿精忠叛乱，攻占泉州等地。三十二岁的翰林院编修李光地正在家乡泉州，与二十四岁的"同年"编修陈梦雷相约为朝廷效命。陈梦雷身陷叛军，出任伪官，据说曾传出情报交给李光地。李光地草拟密折，独自署名，暗藏蜡丸之中，遣人送至北京，通过内阁学士富鸿基上奏皇上。耿精忠兵败请降之后，陈梦雷作为附逆官员，送京问斩，后减罪发往奉天尚阳堡效力。在关外苦寒之地，陈梦雷将他对李光地的所有怨恨，凝聚为五千言的《与李厚庵绝交书》。康熙二十二年《绝交书》传出，一时轰动朝野，争相传抄，被誉为是嵇康《与山巨源绝交书》之后的又一名作。此事所引发的是清初最大的一场"伦理"大讨论，由个人事件升级为有关大是大非、忠义伦常的思想根本论证。同时这件事也成为安溪宰相李光地的名臣生涯中几乎辩无可辩的污点。

　　陈梦雷在《绝交书》中道："(李光地)夫忘德不酬，视危不救，鄙士类然，无足深责；乃若悔从前之妄，护己往之尤，忌共事之分功，肆下石以灭口，君子可逝不可陷，其谁能堪此也……年兄至是已矣，知人实难，择交非易。张耳陈余凶终,萧育朱博隙末。读书论世,谓其名利相轧,苟能甘心逊让,何至有初鲜终?岂知一意包容,甘心污斥,而以德怨,祸至此极!"若用白话文来说,此文可算是一场极具观赏价值的"痛骂",为此举国叹赏奇文,探究其事。然而,事情的真相到底如何?

就像绝大多数史事一样,三百多年前李光地是否当真"欺君负友",这种私人私事的真相无从得知。因此,判断此事的是非曲直,只能从史实考据中来。例如,李光地为什么在蜡丸密折中要独自署名?据说密折中所献计策,切实帮助康亲王在仙霞关与耿精忠的决战中取胜,让李光地自此"简在帝心"。从中国士人借以修身的"慎独"观念上讲,君子当"诚其意","毋自欺"。李光地独自署名是否背弃了与陈梦雷的约定,行了"小人闲居为不善"之事?陈梦雷为此骂道:"独不思当日往返,众目共瞻,今不恤舆论之是非,但思抑一人以塞漏。"然而,当时的局面是,"三藩之乱"先后引发了京师朱三太子、台湾郑经、蒙古察哈尔布尔尼的叛乱,以及新疆葛尔丹的异动,这是清代定鼎以来面临的最大危机,战乱波及半个中国,历时八年之久。当此之际,从常识的角度来讲,李光地身居叛军占领的泉州,用蜡丸密折上奏朝廷,如果奏折被叛军劫获,署名者必死,而且会累及家人。那么,李光地是不是为了掩护出任"伪官"的陈梦雷,而甘愿自担风险才独自署名?或者如李光地后来自辩所言,虽当日与陈梦雷有约,但起草密折之时,陈梦雷因叛军势大,首鼠两端,避而不见了呢?真相无从得知。我们此刻所能知道的是,君子慎独指的并不仅仅是"思无辱",而是指人在做出决定,面临选择的时候,必须先在"诚无垢"和权宜之计之间做出选择,这是行动的出发点,是行为善恶的基石。李光地当时是怎样做出的选择,他到底为什么甘冒此险,独自署名?

耿精忠兵败投降,陈梦雷作为"伪官"被捕入京时,李光地尚在泉州辅助康亲王的下属都统拉哈达与台湾郑经的军队死战。陈梦雷日后骂道:"遂至巧言以阻寮友,而不及人议己之薄;造端以欺师相,而不虑人疑己之诬。阳为阴诽于大帅之前,而不思人恶我之反覆。"如果李光地和陈梦雷当年真有密约,并一致行动,此时李光地便应通过上司,直达天听,上奏陈梦雷为朝廷尽忠,不惜辱身事敌的真相。在这里有一点需要特别指出,汉文化传统中的所谓"君子",指的绝不是愚忠愚孝,死读圣贤著作的书生,而是能够"修身、齐家、治国、平天下"的干才,那么,作为被康熙皇帝誉为"谟明弼谐"的安溪宰相,会不会一时糊涂,贪功负友，隐人之善呢？因为陈梦雷所犯乃大逆之罪，虽然只将他一人逮赴京城候审，然一旦定谳，抄家灭门是必然的结果。李光地难道当真见友人将死而不肯略施援手吗？不会吧，否则就是大恶。我更愿意相信其中必有隐情，只是李光地无法说，不便说，说多了反倒可能加重陈梦雷的罪行。违心言事，君子不为，李光地有口难言，这也就必然导致了陈梦雷对他深刻的怨毒和世人对其品格的无节制猜疑。

康熙十九年，李光地回京直接升任内阁学士，成为康熙皇帝的参赞近臣。陈梦雷此时仍然在京候审，据说李光地曾施以援手，致使陈梦雷免死流放，但也有人说，李光地对陈梦雷坐视不理。于是陈梦雷骂道："此时身近纶扉，缩颈屏息，噤不出一语，遂使圣主高厚之恩，仅就免死减等之例，使不孝身沦厮养，迹远边庭。老母见背，不能奔丧。老父依闾，不能归养。而此时年兄晏然拥从鸣驺，高谈阔步，未知对弟子何以为辞？见仆妾何以为容？坐立起卧，俯仰自念，果何以为心耶？"

"何以为心"，这话在当年理学、心学兴盛的时候，是很厉害的。不论是考据史料，还是以常理人心揣摩，我相信，当年捧读陈梦雷这篇《绝交书》的李光地，心中必定焦苦。

因为那是康熙二十二年（1683），距明末四大公子侯方域愧悔而亡只过去二十八年，"文字狱"尚未兴起，流行于明末的士林风气仍盛，口诛笔伐，党同伐异，遗民和清流终于找到了李光地这样一个靶子。于是，陈梦雷这篇文采飞扬、才华横溢的《绝交书》，便自然而然地引发了一场大讨论。表面上看是讨论"君子在明明德"和朋友之义，而实际上，这应该是一场有关朝代更迭之际士人伦常的深刻讨论。我相信，李光地在当时不论说什么，都不会有人听，他不得不充当自身事件的看客。

我相信康熙皇帝必定读过这篇《绝交书》，不论是李光地的政敌还是幸灾乐祸之徒都必定是要想方设法将这篇宏文奉上御览的。幸运的是，康熙皇帝对李光地非常信任，成就了他"谨慎清勤"的相业和程朱理学著述的历史地位。另一方面，陈梦雷在《绝交书》公布之后十六年，被康熙皇帝赦回京城，侍奉三皇子胤祉读书。这是他人生最重要的机遇，让他有机会编纂中国历史上最大的一部类书《古今图书集成》，长达一万卷之巨，保存了汉文化传统中大量珍贵的内容。据说，康熙皇帝曾赐给陈梦雷一副对联："松高枝叶茂，鹤老羽毛新。"或许这"羽毛新"中便有诫勉他放下与李光地的旧恩怨，消除《绝交书》在遗民中的影响,专事著述的意思,于是陈梦雷借此自号"松鹤老人"。只可惜,书成前夕,因"夺嫡之争"受牵连,陈梦雷被流放黑龙江,《古今图书集成》刊印时,编纂者也改由蒋廷锡署名。

李光地和陈梦雷的这段公案到底真相如何?真的不知道。但这段公案在汉文化伦理论战中,确实有着相当重要的贡献。有人会问,康熙皇帝知道真相吗?最难猜测帝王心,但是有痕迹可寻。康熙五十五年,李光地以七十七岁高寿病逝,皇上赐其谥号"文贞"。依照"谥法","清白守节曰贞",也许这个谥号便有为李光地平生唯一"污点"正名的意味。此议绝非妄自揣测,也不是孤证,因为,到了雍正皇帝继位之后,对李光地追赠太子太傅,祀贤良祠,并且称其为"一代之完人",这"完人"二字也应该是针对这桩旧公案数十年未能消除的深刻社会影响吧。这场伦理论战很重要,但并没有在思想上解决清代统治的合理性和遗民问题,然后嘛,然后就是"文字狱"了。

事件的另一方当事者陈梦雷老先生一生著作甚丰,是中国学术史上非常重要的历史人物。在安溪宰相去世二十三年后,即乾隆六年,这位松鹤老人在黑龙江流放地去世,终年九十一岁。

与君美食复甘眠

深秋时节,带着折纸去旅行,目的地广东省河源市,目标"八刀汤"。

所谓八刀汤是用猪心、猪腰、猪小肠、猪肚、猪肝、猪胰脏、猪肺、猪耳后肉八个部位烹煮成汤,鲜甜爽脆。秋风乍起之时,最为温补佳品。按通常的说法,八刀汤兴盛于河源市下辖的紫金县,由客家人发明,但在下以为,历史应该更早。

从原料上讲,家猪的原始种类为野猪,《山海经》曰:"浮玉之山,有兽焉,其状如虎而牛尾,其音如吠犬,其名曰彘,是食人。"中国北方居民最早将野猪驯化为家猪,有考古发掘实物和甲骨文字证明。先秦时期,广东一带称为"百越",比断发文身的江浙越人还不开化,那么家猪饲养是否已经传到了这一地区？《越绝书》曰："鸡山豚山者，句践以畜鸡豚，将伐吴以食死士也。"这至少说明，春秋时期家猪饲养在浙江一带已成常态，向南传入广东、福建应在情理之中。只不过，那个时候家猪还是放养，所以才有"豚山"之说。家猪圈养是汉代农业发达，肉食和肥料需求大增之后的事。

另外一个家猪饲养传入岭南的可能途径，或者说是对岭南家猪进行品种改良的可能途径，便应该是赵佗了。公元前219年，秦始皇命屠睢为主将，赵佗为副将，率五十万大军平定岭南百越地区，设南海郡于番禺（今广州），赵佗任龙川县令。将家猪饲养与南越王赵佗联系在一起，有一个重要的理由，即五十万大军南征且长期驻扎岭南，首先需要解决的便是粮草被服等军需品，而肉食则是军中最为重要的营养品。据本人考据，古代军队出征，肉食都是以活畜随军，当时中国北方的牛羊猪等肉食饲养、农田耕作、纺织和冶铁，属于世界最先进技术，自然被秦军带到了岭南，而这一切也就成为赵佗日后划境建元，自封"南越武王"的重要资本。

先秦时期，家猪已经成为很常见的肉食，《礼记》曰："孟夏食菽与彘。"就是说，在初夏之时，最宜食用豆饭和猪肉糜，如果用今天的菜谱相类比的话，这道菜近似于黄豆烧肉或芸豆烧肉，当然，豆角烧肉也不算大错，毕竟是初夏嘛。另外，《墨子》曰："孔子穷于陈蔡之间，藜羹不糁。子路烹豚，孔子不问肉所由来，即食之。"这应该是墨家弟子故意编造出来恶心儒家弟子的"小段子"，说孔子厄于陈蔡之间时，饿到只能用藜草煮汤吃，即《韩非子》所谓的"藜藿之羹"，里边一粒米也没有。等到"孔门十哲"之一，年轻时好勇斗狠的子路弄了头小猪回来煮猪肉汤时，孔子拿来便吃，根本没问子路这头猪是不是偷来的。河源市的"八刀汤"原本叫"猪杂汤"，应该与子路奉师的这道菜很接近，但本人不会将这段恶意的"典故"当作"八刀汤"的来源，因为，我们读经典一定要明析是非，不能被先贤们的狭隘和门户之见所蒙蔽。

从经典中难以找到"八刀汤"的来源，我们不妨换个思路，从炊具入手。先秦时期盛行"列鼎而食"，这是上层贵族，下等小民只能使用陶罐。有一点需要注意的是，"鼎食"时期很难发明"八刀汤"，因为用鼎烹饪费时费火，所以那个时代，肉糜、肉酱最为兴盛，要吃整块的肉，则采用炮、烙、烤等方法，这应该算是烤串儿一派的滥觞。这种烹饪方法源远流长，从未断绝。例如宋代文学家陆游的《饭罢戏作》："东门买彘骨,醢酱点橙薤。"他的这块猪肋排必定是烤的,涂抹上肉酱(今日超市里种类繁多),再撒上些橙皮泥,配着酸甜口儿的薤头一起吃,想想都令人食指大动。然而,汉族人进餐,没有主食是不行的,陆游的烤排骨,如果搭配苏东坡的"环饼",应该最为相宜。且看发明"东坡肉"的大文豪怎样议论那"环饼":"纤手搓来玉色匀,碧油煎出嫩黄深。夜来春睡知轻重,压扁佳人缠臂金。"至于陆游喜爱的另外一道菜:"新津韭黄天下无, 色如鹅黄三尺余。东门彘肉更奇绝,肥美不减胡羊酥。"(《蔬食戏书》)很明显就是今日的"韭黄炒肉丝",这是典型的宋代美食,因为"炒锅"和炒菜这种烹调方法,都是到了宋代才发明的。

话扯远了,还是说"八刀汤"。"八刀汤"的前身"猪杂汤",与现今流行于北方的"羊杂汤"一样,应该是在便捷的炊具"铁釜"流行之后出现的。炊具的进步,必然会引动易牙之流烹饪天才发明新的菜肴。但是,陶釜不是比铁釜出现得要早很多吗？只是,使用陶釜的穷人吃不起肉,无从发明"猪杂汤"。铁釜最早是作为昂贵的军事装备出现的,后来成为旅行必备佳品,直到冶铁技术大发展之后,这才进入家庭,所以,在考古出土文物中,随葬有铁釜的墓葬都较晚。铁釜的好处在于,它的导热快,使用范围广,因此,人们用它发明新菜品的机会更多，这就是技术进步带动文化进步的明证。在便于加热的铁釜中，人们发明了汆、煮、灼等新的烹饪技法，于是，"猪杂汤"也就应该自然而然地产生了。然后，人们对原有的蒸制炊具"甑"加以改造，发明了便捷的笼屉，安放在釜上，于是"蒸羊羔、蒸熊掌、蒸鹿尾"等各种蒸菜便发明出来。所以，这才有了寒山诗中的"怜底众生病，餐尝略不厌。蒸豚揾蒜酱，炙鸭点椒盐"。

　　这篇短文写到此处，在下必须得表明，支持寒山和尚的观点。如今科技进步和社会安定使人们的生活富足起来，而在人类文化中有一个最为致命的缺陷就是"短视"，以及因短视而导致的浪费，特别是食物浪费，这是需要我们时时刻刻都要警觉的。人生一世，若不知惜福，便不配安享富足。因此，我们引用白居易老先生的一首谦逊的小诗，与诸君共勉。《偶吟》："好官病免曾三度，散地归休已七年。老自退闲非世弃，贫蒙强健是天怜。韦荆南去留春服，王侍中来乞酒钱。便得一年生计足，与君美食复甘眠。"

晋江问朱子

借着本人的"中华美食行",我专程来到福建泉州晋江市,主要是因为心中颇多疑窦难解,想借助这块"闽学开宗"的宝地,就教于朱熹老先生。

既然是美食行,本地的名产、盛景皆不可错过,于是我侧坐于安平桥的花岗岩栏杆上,手中一盏著名的"土笋冻",游目四望,不禁感叹这座长达五华里的跨海石桥之壮观。当然,此处所谓"壮观"乃是感叹九百多年前建造这座世界上最长的跨海石桥的财力与魄力。公元1138年,南宋、金、西夏、西辽并存,中原战事不断,饿殍千里。宋高宗赵构在这一年做出了他人生中影响深远的三个选择:迁都临安(杭州)、任命秦桧为相、与金国议和。这应该算是南宋一朝积弱,腐败,最终灭亡的征兆,但也可以看成是汉文化在列强围攻之下，小心翼翼维持了一百多年，由此完成了一场由南宋理学推动的图存求变之修炼。就在这一年，作为中国海上丝绸之路的始发港，福建泉州也发生了一件大事。当时泉州各个海港内，中国、太平洋诸国和印度洋各国的贸易海船帆樯林立，多处海市交易活跃，民间财富积累超越以往数代，于是，泉州辖下的一处小地方"石井镇"（今晋江市安海镇）的有识之士经过多年谋划，终于决定建造一座长达五华里的跨海大桥，从陆路上打通石井镇的安海港和大盈港这两座海市。这座石桥便是我此刻倚栏大嚼"土笋冻"的安平桥，历时十四年建成，启动资金是由石井镇最大的对外贸易商黄护捐助的三万缗制钱。

三万缗即三万贯，这到底是多大一笔资金呢？北宋时朝廷每年的铸钱量大约在五百万贯上下，而南宋初期宋高宗铸造的"建炎通宝"和"绍兴通宝"，铜钱、铁钱混杂，"折二""折三"混乱不堪，因此，如果一定要与今天相比较，我们只能说，这笔资金应该相当于今天建造五十公里跨海大桥的启动资金吧？也许如此，因为当年的宋代绝非今日人们想当然之宋代，那个时候朝廷和百姓还都是很贫困的。举个简单小例子，据《坚瓠集》记载，大约南宋承平五十年后，朱熹老先生探访女婿蔡沈不值，他的女儿只拿得出麦饭和葱汤招待名满天下的父亲大人。为此朱熹老先生还题诗一首："葱汤麦饭两相宜，葱补丹田麦疗饥；莫谓此中滋味薄，前村还有未炊时。"当然，朱熹老先生的学生兼女婿蔡沈也确实只是个穷而弥坚的"著作家"，衣食不周乃颜回之道也。

现在，我们安平桥也看了，土笋冻也吃了，该谈谈朱熹老先生本人了。朱熹老先生的父亲朱松先生是石井镇的第一任监税官，随父上任时朱熹老先生只有三岁。建桥捐资人黄护与朱松先生是朋友，曾支持朱松先生在本地创办了一座书院"鳌头精舍"，也就是日后人称"二朱过化""闽学开宗"的石井书院。我猜想，朱熹老先生必定没吃过土笋冻，因为那个时候泉州的海产品丰富，不至于贫瘠到罗掘滩涂之中的方格星虫（Sipunculus nudus）来吃，而这款"虫子"便是今日名品土笋冻的珍贵原材料。不过，《宋史·朱熹传》却有记载：朱熹老先生幼时"尝从群儿戏沙上，独端坐以指画沙，视之，八卦也"。因此，我们不妨将朱熹老先生与土笋冻强拉在一处，让这款名食与名人结缘，因为朱熹他老人家七岁之前，毕竟曾在这片出产方格星虫、日后建造跨海石桥的滩涂边玩耍、开蒙。

朱熹老先生虽然没吃过土笋冻，但他应该千真万确品尝过晋江和同安两县共有的名食"烧肉粽"，而且千真万确曾经从安平桥上走过。我此刻倚坐桥栏，由晨至午，由午至暮，以面线糊和烧肉粽为餐点，就是想体味一下当年鳌头精舍的学子们的心情。公元1153年农历七月，学子们在此守候的正是当年的小学弟、亡故老师朱松的儿子、前往邻近同安县赴任的朱熹老先生。古人情重，当年谋划建造跨海石桥的黄护先生和朱松先生皆已过世，如今故人之子朱熹已经二十四岁，获授左迪功郎，担任同安县主簿，将要由此桥上经过，这是何等激动人心的大事。

朱熹老先生来了吗？当然来了。自泉州至同安县，安平桥是必经之路。那么，我见到朱熹老先生了吗？当然见到了，石井书院中有朱松、朱熹父子的塑像。那么我的心中疑窦，朱熹老先生解答了吗？且慢，我还没说"我的心中疑窦"是什么。其实，我想就教于朱熹老先生的，是他于公元1184年开始的一场论战，对手是与浙东永嘉学派一脉相通的思想家陈亮先生，论题是"义利王霸之辩"。

来到石井书院，望着配祀于至圣先师孔老夫子画像两侧的朱松与朱熹的塑像，我的心中越发迷茫，因为我想求教的是一个汉文化传统中至今也没有结论的命题，从先秦的"义利之辩"，到今天"成功学"，汉文化至今仍然在"事功"与"义理"之间犹疑不定。但我真的很想让朱熹老先生看一看，自十八世纪工业革命之后，特别是中国近三十年来的社会、文化发展，很显然，陈亮和永嘉学派的"事功之学"确实得到了部分的验证。顺便说一句，永嘉乃古地名，即今日温州地区。我们不得不承认，近三十年来，温州人的思维方式和行动方法，以及他们在经营和财富上取得的成绩，恰好引导了汉文化社会对"事功之学"的自觉，只不过，这种在当年自主、自发的积极的觉悟，时至今日正在走向沉溺，由朱熹老先生批评陈亮的"义利双行，王霸并用"，正在滑向"成功学"的不择手段。由此我们不得不思索，我们的社会是应当追求两千多年未曾得见，但未必不能实现的内圣外王之"王道"；还是应该实行农商一体，富国强兵，易于事到功成的"霸道"？作为个体的人，我们是否应当从内心深处提高自身的道德水准，然后外化影响世人，践行朱熹老先生所说的"格物、致知、诚意、正心、修身、齐家、治国、平天下"的"儒家八目"；还是如永嘉学派大儒陈傅良干脆利落地说："功到成处，便是有德；事到济处，便是有理？"

即使我当真有办法将朱熹老先生"召唤"到石井书院，

请他品尝本地传统名点"炸枣",并借机提出自己的疑问，我想，虽然面对千年变化，他老人家未必会改变自己的观点。这是因为，对于个体的社会成员应当从内心深处自我洗练，自我完善，提升认知能力和判断能力，然后才能当行则行，当止则止，"齐家、治国、平天下"这一点，朱熹老先生是绝不会妥协的。只是，这种由内而外的"圣人路径"，不论是对于经略国是的大人物，还是对于奉亲养家的小人物，都太难了。与此相反，倒是手疾眼快，一心为己，先把自己变成为"成功人士"再说的功利之士，在任何时候都容易得手，并且大行其道。在这里有必要说明一下的是，这种功利主义绝非陈亮先生和永嘉学派的"事功"和"霸道"，而是欲望、贪婪、本能主导之下的动物属性与虚荣、浮夸、傲慢的社会属性相结合所产生的"金钱崇拜"，如果不怕污辱昆虫的话，可勉强将之命名为非理性的"蝗虫之道"。

告别朱熹老先生，我走出石井书院，内心的疑窦仍然没有解决，也许永远不会解决。这样的问题没有结论并不可怕，其实，不论是"义利之辩"，还是朱熹老先生与陈亮先生的"义利王霸之辩"，只要争论下去，在哲学层面、伦理层面，甚至最微小的议题上争论下去，就说明争论者和听众都还对人的"良知良能"有所自觉,自知个体的人和社会的人都有进步乃至进化的必须。这次到晋江探访朱熹老先生,如果说有什么收获的话,便应该是这一点了。当此寰球唯利、心智不明之时,在根本问题上的争论,或许才是人类寻获自我觉悟和自我拯救途径的唯一方法,至少是必须的方法。也许吧!

邯郸故事

　　这是我第二次到邯郸，原本只有一个简单的目标，就是觅一方磁州窑白质黑章的瓷枕，弄几斤米油丰富的曲周小米。黄粱瓷枕，以度炎夏，不论是否有梦，也不论这梦是否隐喻人生，至少这两者与"一枕黄粱"的邯郸故事相关，搭配起来便能得些闲趣。邯郸是三家分晋后赵国的国都，《史记》让我对之感觉似曾相识。不想，到七贤祠一游，竟将我消闲的心情搅得严肃起来。七贤词原是"三忠祠"和"四贤祠"合并而成，供的是"三忠"公孙杵臼、程婴、韩厥和"四贤"蔺相如、廉颇、李牧、赵奢。我一座座塑像看过去，在心绪中激荡而出的却是现实的复杂性、生活的不确实性、不可知的未来，以及五千年来未曾发生变化的生活本质。于是，黄粱瓷枕的雅兴嗒然若失，代之而起的是一身冷汗。对照先贤,我们的生活还存在于汉文化传统之中吗?我们的行为还有标准和规则吗?这两种问法都太一本正经了,还是换个更民间的方法,从故事说起吧。中国历史上有几个真正精彩的故事与邯郸密切相关,其中最为人称道、流传最广的是《赵氏孤儿》的故事。

这个故事原本是春秋时期晋国各权力集团之间狗咬狗式的厮杀,只因里边出现了两位义士程婴和公孙杵臼,于是这个故事便成为"义"的传奇。我之所以用这个故事来阐释邯郸的文化传统,是因为,这个历史事件与后人对它进行的故事改编,真正诠释了"义"的复杂性,是汉文化伦理传统在形式上最典型,在内涵上最丰富的代表性作品。

公元前597年(晋景公三年),晋国当朝权臣屠岸贾打算诛灭旧权臣赵氏一族,罪名简单明确,十年前赵国史官有记录,"赵盾弑其君"。其实那是晋灵公无道,赵盾避祸逃亡,逆臣赵穿弑君,但这件事也可解释为赵盾"为正卿,亡不出境,反不讨贼",甚至也会有人猜测,是赵盾指使赵穿弑君。为此屠岸贾征询另一位权臣韩厥的意见,韩厥不赞成,并密告赵氏年轻的当家人赵朔逃亡,赵朔不听。韩厥答应赵朔帮助赵氏子孙,于是称病不出。屠岸贾没有上报国君，"不请而擅与诸将攻赵氏于下宫"，灭赵氏一族，只有怀孕的赵朔夫人，也是晋成公的姐姐逃入王宫。这一段只是《赵氏孤儿》的故事背景，需要注意的是，韩厥的后人韩康子、赵氏孤儿的后人赵襄子和京剧《赵氏孤儿》中出现的魏绛的后人魏桓子，正是日后分割晋国，韩、赵、魏三国的创始人。至于韩厥，他之所以能入"三忠祠"，是因为他信守了对赵朔的诺言，日后帮助孤儿赵武报仇并恢复家业。但我们在考查这段史书时，也不妨这么看，韩厥与赵朔是两家有世交的权臣，是互为犄角的势力集团，然而，如果赵夫人万一生下来的是个女儿，或赵氏孤儿万一有什么不测，韩厥对赵朔的承诺便成了一句空话。因此，韩厥对屠岸贾灭赵氏的"不赞成"和"称疾不出"，既是避祸，以免被赵氏所累，又是自保，以待时机。因此，韩厥的"义"只能算是"贵人之义"，也就是说，他在这件事当中始终在权衡，分析，以自身利益为重，最终选择的是回避和等待。这也就是为什么京剧《赵氏孤儿》的作者要用《史记》中并未参与此事的魏绛，换掉韩厥的理由，因为老百姓不是政客，无法接受有瑕疵的义和权贵伪善的自辩。

《赵氏孤儿》的故事之所以深深地打动了老百姓，根本原因在于故事的主人公对"义"进行了最丰富的诠释。故事的主要人物程婴是赵朔的朋友，身份应该是赵朔的谋主或亲近下属,知识分子;另一个重要人物公孙杵臼是赵朔的门客,比程婴身份低。

　　这个故事对义的诠释分成五个阶段。第一阶段,赵氏被族灭,怀孕的赵朔夫人逃入宫中,门人公孙杵臼前来质问赵朔的朋友程婴:"胡不死？"意思是说,你的朋友赵朔一家被杀,你即使没能在下宫战死,也当以死相殉,为什么不死？今天看来这种责备很没有道理，但在春秋时期,为友谊而死是件很荣耀的事,毕竟那个时候,有一部分中国人具备极为清晰和强烈的荣誉感,"死义"可以成为传奇。程婴的回答显示出二人见解的高低,他说,赵朔夫人若有幸生下男孩,我会扶助男孩成为赵氏新主人;"即女也,吾徐死耳"。

　　孟子曰:"义者,宜也。"义,简单说,就是做正确的事,往复杂里说,是做"合宜"的事。公孙杵臼追求的是简单、鲜明的"正确",可算是"一时之义",或者说是"一死之义"。这样的义士中国历史上很多,有冲动的成分,以至于,有些年轻时做过"义举"的人,在后来的人生中反而变得不仁不义。公孙杵臼与程婴的差距,就在于一时与一世,一死与"徐死"的差别。

幸运的是,公孙杵臼有自知之明。在第二阶段,他们将赵氏孤儿救出王宫之后,公孙杵臼对程婴讲出让他流芳百世的两句名言,第一句是问:"立孤与死孰难?"第二句是陈述理由:"赵氏先君遇子厚,子强为其难者,吾为其易者,请先死。"这两段话的重点在后一句,借用另一个与邯郸有关的故事"豫让刺赵襄子"中义士豫让的话说,"范、中行氏皆众人遇我,我故众人报之;至于智伯,国士遇我,我故国士报之"。因此,公孙杵臼这句话的潜台词是,赵氏以国士待程婴,程婴当以"国士报之"。从最世俗的角度也可这样解释,我公孙杵臼只是个待遇不错的门客,智谋寻常,就选件容易的事,一死罢了;你程婴受赵氏之恩甚厚,就干那件最难的事,扶保赵氏孤儿复仇还家。读史书的好处之一,就是常常会发现古人真的擅言辞,会说话。将这些话当成故事中的对白,比莎士比亚戏剧的台词还要精妙。"义者,宜也。"公孙杵臼自知知人,不争大义必然产生的大名,而是甘为其次,一死了之,这就是"宜",是恰当。

第三阶段有一个难点,关于被杀的婴儿,《史记》中的记载是"乃二人谋取他人婴儿"。

写这篇短文时,我会时不时停下来哼唱两句京剧《赵氏孤儿》第二场"舍子"程婴那段二黄原板:"娘子不必太烈性……我与那公孙杵臼把计定,他舍命来你我舍亲生。舍子搭救忠良后,老天爷不绝我的后代根。"历史事件进入民间艺术,都有一个戏剧化的过程。想想看,史书记载的是程婴和公孙杵臼"谋取他人婴儿",这是两位义士在整个义举中最致命的缺陷。为救一人而害一无辜之人,是可质疑的义举,但"舍子"却被汉文化传统视为大义,同时又具备更强烈的戏剧效果。于是,从元杂剧纪君祥的《赵氏孤儿大报仇》、法国伏尔泰1735年改编的 *L'orphelin de la Maison de Tchao*、英国威廉·赫察特改编的《中国孤儿》,到传统京剧《八义图》、1933年高庆奎新编的《搜孤救孤》,直至1960年王雁改编,马连良、谭富英、张君秋和裘盛戎演出的全本《赵氏孤儿》,"舍子搭救忠良后"便深入人心。这是因为,"舍子"在此刻既符合了传统道德,也符合上级对下级提出的核心要求,就是为了某种高尚的目标和信仰,不单牺牲自己,还要牺牲与自己相关的一切。"义者,宜也。""宜"的复杂性在于,它可以随着时代的不同,观念的不同,顺应潮流而改变,于是,"义"便有了教化功能和超越人性,甚至非人性的要求,而不再是单纯的正确与否的行为标准了。再回来看戏,为"舍子",程婴先是哄妻:"你今舍了亲生子,来年必定降麒麟";哄不成又求:"无奈何我只得双膝跪，哀求娘子舍亲生"；求不成便骂："看起来你是个不贤的妇哇"；骂不成干脆威胁要自杀："唉，手执钢刀项上刎"。民间艺术的强大功能就是深入人心，《赵氏孤儿》精彩的演出和唱腔，以及强烈的戏剧冲突，已经淹没了史实，让民众只会记住"舍子"的高尚，忽略了"谋取他人婴儿"的史实。

义，最高尚也最打动人的地方在于牺牲，而牺牲的最高境界不是死亡，是自污。第四阶段，故事进入了一个重要的转折点，考验并揭示主人公程婴的内心世界——为保住赵氏孤儿，他必须得"卖主求荣"和"卖友求荣"。这个行动意味着，程婴将自己置身于"耻"的境地，"知耻而后勇"是智，而为了义举不惜"求耻"，这在对荣誉和道德只有简单明确要求，没有通权达变的春秋时代，是一件难以想象的事。其实，这件事才是公孙杵臼所说的"子强为其难者"的真正含义，因为他知道，能否助孤儿复仇还家，只能是尽人事听天命，真正艰难的是程婴"卖主兼卖友"之后，必须背负一生的骂名和举国的"不齿"；倘若程婴将"扶孤"这一渺茫的目标实现还好，若稍有差池，没达成目的，程婴的一生以及他们最为重视的身后名声，就再没有挽回的余地了。1960年版京剧中，编剧不单让程婴卖主卖友，还加了一场屠岸贾试探程婴,命他鞭打公孙杵臼的戏。程婴(二黄导板):"白虎大堂奉了命,(垛板回龙)都只为救孤儿舍亲生,连累了年迈苍苍受苦刑,眼见得两离分。"接下来两人还要做戏给屠岸贾看,程婴(二黄散板):"你你你……莫要胡言,攀扯我好人。"这也就意味着,在一个戏剧性场面中,程婴通过卖友兼卖主以保孤儿,公孙杵臼假意反诬,二人一来一往,如磨盘般夹住屠岸贾,跌宕之中催逼得屠岸贾不得不相信程婴真的是无耻之人。艺术的规律是共通的,这部历时六七百年不断被改编的戏剧,到了二十世纪初期的版本,从编剧水平上讲,与同时期风靡世界的欧洲戏剧和好莱坞影片相比,在故事的情感深度、意义的复杂性,以及转折点对主要人物的考验上,应该略胜一筹。

第五阶段,最后的高潮。在对照这段史实和戏剧作品时,我们没有必要强调古人的道德纯净程度,因为,任何时代义士都是少数,而在责备他人不道德方面,大多数人倒是不遗余力。令人高兴的是,程婴是极少数的那种追求完美的义士。《史记》记载,公元前582年(晋景公十八年),孤儿赵武十五岁时,程婴与韩厥合谋,利用晋景公病重,借一套迷信说辞,说服晋景公,族灭屠岸贾,"复与赵武田邑如故"。这是京剧《赵氏孤儿》大团圆结局的依据,因为,多数观众虽然能接受戏剧人物悲惨的开端与经历，但无法容忍悲剧性结尾，况且，悲剧性结局也有违传统戏剧的教化之道。

但五年之后，"及赵武冠，为成人"，程婴决定自杀。他的目的很奇怪：我的任务已经完成，"我将下报赵宣孟（赵朔）与公孙杵臼"。他的理由也很有趣："彼以我为能成事，故先我死；今我不报，是以我事为不成。"按常理说，程婴为赵氏立下大功，并且帮助韩厥夺得掌国权柄，此刻他既可以居功，也可以功成身退，为什么要选择自杀呢？程婴的完美主义恰恰体现在这一点上，而他却用极富幽默感的方式表达出来。他的意思是，当初他与公孙杵臼相约救助赵武，公孙杵臼身死；如今大事成就，他如果不去向他的朋友赵朔和公孙杵臼报告一声，他们必定胡思乱想。然而，透过程婴自杀的事实和他最后幽默的告白，我们还可以从另一个角度窥视程婴的内心。这里我们需要引入一个古代评价"士"的价值标准——"高洁"。程婴能行"义举"，同时他也深通人情世故，因为他清楚地知道，功成之后，他的身份就从一个奋不顾身的"义士"下降为投资获利之人。程婴若想防止世俗之人和后代史家对他的种种揣测，让自己的"义士"身份不被卑俗之论玷污，他就只有自杀这一条路可走。而支持他自杀的道德动机就是"洁",他必须得将自己与这不世之功产生的任何利益割断,从义士和功臣回归到"友"的身份。由此便进入程婴更深层的动机,公孙杵臼当初责备程婴"胡不死"?是因为程婴当时作为"友"确实"应该死"。对于"高洁之士"来讲,程婴辅佐赵武二十年,不论是功劳与苦劳,都无法与他当年的"应该死"相抵,因为这完全是两回事,不存在等价交换或功过相抵的可能。于是,程婴主动忽略"功劳",回归"胡不死"的本初理由,选择用自杀以"自洁"。所谓"死义",程婴在整个事件中自觉主动,细致周全地做出了近乎完美的诠释,这也就是这个故事的伟大之处。

邯郸是个故事丰富的地方,既是古战场,又是人生大舞台,除了《赵氏孤儿》,还有许多许多精彩的故事可听可讲。表面上看,故事中的人物多是帝王将相和才子佳人,其实,这些故事的精神内涵都与现实生活有着无法分割的联系,透过这些故事,可以隐喻当今,启迪人生。2009年我第一次到邯郸,2010年我曾借助"豫让刺赵襄子"的故事,写过一个中篇小说《古风》,故事的主要人物是抗战时期的革命者和激励他的古人豫让,由两个并行故事相互映照而成。为此,我时常劝朋友,有机会的话,到邯郸走一走,看一看,偶有所得,便不虚此行;即使无所得,至少你还可以弄一方瓷枕,几斤小米,回到家中炊黄粱,倚瓷枕,效法古人,大梦一场。

当小麦传入中国之后

　　各位约旦作家朋友。大约在一万年前,约旦河流域的野生一粒麦和野生二粒麦被成功选育为适宜耕种,产量较高的农作物,也就是我们今天用来烤制面包的小麦。有考古发现与史料证明,至少在三千五百年以前,小麦传入中国,与本土的淀粉类谷物一同种植,并被不断选育成适应本地气候的品种。在小麦传至中国以后,原产于中国的大豆、杏等农作物和水果,特别是茶叶,也陆续向西传入阿拉伯地区。这种交流,是两个地区的人们将自己最美好的发明与发现,传达给对方,使双方得到能够养育人民的粮食和提高生活品质的饮食。

　　中国关于小麦的诗歌有很多,一千三百年前,唐代诗人羊士谔吟咏道:"萋萋麦陇杏花风,好是行春野望中。日暮不辞停五马,鸳鸯飞去绿江空。"(《野望》)这个时候,小麦已经成为中国北方主要的粮食作物之一,在诗人眼中,那望不到边际的麦田,便是民众美好生活的希望所在,于是他心情舒畅,做诗以纪之。

因为中国地域广大,人口众多,小麦作为粮食,被开发出难以计数的食物品种。这几日在埃及和约旦,我品尝到了贵地的传统食物:发酵面饼和未发酵面饼,令人印象深刻。我想在这里简单介绍一下中国"饼类食物"的情况。

在中国,按照烤制方法来区分,采用全面加热方法的有烤炉烧饼、缸炉烧饼、吊炉烧饼等,采用单面加热方法的有炙炉面饼和铛炉面饼等,这些是最常见的。另外还有一些特殊条件下发明的熟制方法,例如用烧热的鹅卵石埋烤而成的发酵面饼,饼上有一个个石子压出来的小坑,或是用热油炸制而成的面饼,它的名称很多,通常叫"油饼"。我家附近有一个早餐摊位,售卖一种"鸡蛋灌饼",就是将两张面皮合在一起,炸制成油饼,然后将油饼揭开成口袋状,打鸡蛋装入里边,再入油锅炸熟,很受食客欢迎。

烤制饼类食物应该是小麦面粉在中国最早,也最普遍的烹调方法。中国有关饼的古代诗歌也很多,唐代诗人白居易云:"卷缦看天色,移斋近日阳。甘鲜新饼果,稳暖旧衣裳。"(《斋居偶作》)每到春天来临之际,在中国许多地方都有食春饼的习俗,就是用未发酵的薄饼,包裹蔬菜、肉类食用,内容多寡,各随己意。这种习俗,今天仍然被很好地保留了下来。

在中国,饼的品种除了运用加热方法进行区分,还有很多其他的区分方法。例如凭借用油方法来区分,将面粉用油调和或炒制成"油酥",外边包上面皮,经过多次擀压折叠,烤制成多层酥脆的"油酥烧饼",当然,没有加入油酥的,便是普通烧饼了。再有,就是用油酥面皮包馅的烧饼,甜馅有豆沙、红糖等,咸馅有蔬菜、羊肉等,都是日常食物。这类有馅烧饼的最高级表现,就是中国农历八月十五日"中秋节"的传统糕点"月饼",它是将饼用木质模具压制出精美的花纹,然后烤制而成,至于其中所用馅料,如今已无奇不有,远远超出食用功能,不是可夸耀的事。我本人最喜欢的一种传统月饼,是"五仁月饼",馅料以核桃仁、花生仁、杏仁、芝麻仁和西瓜子仁为主,加糖调制而成。核桃和西瓜,都是将近两千年前从西亚地区传入中国的,而杏则是从中国传入西亚,现在已是生活中最常见的食物。

从小麦谈到饼,我想表达的是交流的力量。阿拉伯地区是中国古代最早的对外交流目的地,仅仅通过一粒麦种,便能够使中国的食物结构发生巨大的改观,这一点,中国人民不会忘记。最后补充一句,除了烤制饼类食物,中国人还发明了蒸制、煮制等各种面粉类食物,我相信,没有一个中国人曾经将这些食物全部品尝一遍。所以,真诚地欢迎约旦朋友来中国访问,品尝约旦河流域的野生二粒麦在中国结出的美食硕果。

谢谢大家。

葛沽四季

葛沽是个重要的地方,特别是对于天津历史来讲。

大约一百年前吧,天津是座多水的城市,河道纵横,湿地连绵,湖泊近百,码头数十,咸水淡水随潮涨潮落而进退,飞禽游鱼因四季冷暖而迁徙洄游,士农工商,渔民灶户,军垦粮稻,官办漕运,所有这一切,在今天的地名中尚有踪迹可寻。这篇小文中,在下希望通过考察往昔葛沽的四季生活,爬梳史料与民间口头记述,记录那些我们原本就应该记住的一些生活内容。

"沽"本是古水名,"沽水,出渔阳塞外,东入海"(《说文》),它是海河水系的五大支流之一。后来这条河叫"白河",末代皇帝溥仪自天津乘船逃往东北,他在回忆录《我的前半生》中便称这条河为"白河",其实,自天津的三岔河口直至大沽口入海,乃是这条河的主河道,名叫"海河"。

天津号称七十二沽,这个"沽"指的是延伸入水面或湿地的小片高地,在此形成集市、码头、村落,都是当年县志上有地名的地方,没有被县志记录的水边小村落,鱼汛来临时渔民的聚居地,或者盐丁灶户的季节性工作场所,还有很多很多。因为黄河改道,海河泛滥,水边居民时常会迁徙,渐渐聚集到地势较高,农商便利的地方,形成大型聚居地,像葛沽、咸水沽、汉沽、塘沽等地便是如此。对于天津南边的这一带地方,旧天津人称其为"海下","海"指的是近海之地,"下"是地势低洼之地,或者是南边这个方向。有关天津市民的生活,特别是天津的饮食文化,"海下"意义深远,尤其是葛沽,因为它位于"海下"的核心地带。

要说葛沽四季,先说葛沽气候。葛沽位于地球的东经117°,北纬39°,因为没算到"秒",东西南北误差大约二十来公里吧。它属于北温带中纬度亚欧大陆半湿润季风性气候,只是因为临近的渤海湾为内海,与类似气候的全球其他地区略有不同,但海洋性气候的特征还是比较明显的。

葛沽春季风多且大,而且干旱,元稹所谓"三冬有电连春雨,九月无霜尽火云"的好日子,这地方没有。在海河入海口尚未建成大坝之前，河水每天跟随海水潮涨潮落。根据日本间谍十九世纪末的侦察记录："在天津的上游七海里至十五海里，能感应到潮汐"，用本地话说，这叫"潮不过杨"，即高潮时潮水的影响能够达到南运河的杨柳青、北运河的杨村，以及子牙河的杨芬港镇。日本间谍还专门测量过海河潮汐：海河"高潮及落潮之差为三日尺（合 0.909 米）"。所以，葛沽这个地方，虽然得河海之利，但周边多是盐碱地，算不上是个种庄稼的好地方，至于此地出产的名品稻米，我们日后有机会再细说。也正是因为具备这些天时地利的特点，渤海湾的春季鱼汛到来时，一个品种紧接另一个品种。酷嗜海鲜的天津市民，很早便盼望着这个时候。

葛沽夏季炎热，受太平洋副热带暖高压影响，以偏南风为主，降雨也多，尤其是夏秋之交，海河的洪水灾害多在此时发生，为葛沽周边的湿地和稻田带来大量的淡水。

葛沽的秋季最美，冷暖适当，"今逢四海为家日，故垒萧萧芦荻秋"（刘禹锡《西塞山怀古》）。只可惜葛沽的秋季太短，其实整个天津的秋季都太短，刮几阵风，下几场雨，秋天就过去了，南方漕运的船队也正在这个时候驶入海河。

然后是冬季，我们就从冬季开始吧。

一作一息有出入，时耕时凿无冬春

　　葛沽人民的冬季与全体中国人民一样，都是从每年的十一月七日或八日"立冬"开始。假如一百多年前您前往此地，站在葛沽的海河大堤上向南望去，会看到大片收割后的稻田，湿地中是一望无际，色泽青黄的芦苇荡，天空上是一行行晚行鸿雁，海河右岸的海大道上有大量劳动人民，赶着载满生产工具与生活用品的畜力车，向南行进。

　　葛沽冬季虽然寒冷，但非常干燥，很是适合某些户外工作。葛沽大片的湿地，还有河岸、海边的滩涂上，芦苇此时已经成熟了，苇秆粗壮泛黄，芦花随风飘散。冬季收割芦苇与编织苇席，是葛沽人天赐的好处。同样，有芦苇等充足的燃料，煮盐和晒盐便是葛沽人必须要对全国人民所肩负的责任。每年初冬，葛沽必须要开始一年当中最为艰苦的工作，为煎盐与晒盐做准备，因为，葛沽南部正是出产中国最高品质食盐的丰财盐场。

　　在中国的传统饮食文化中，认为"盐为百味之祖"。"积雨不可出，五日无盐醯。纵复有雨具，出门将告谁。"（方回《八月二十九日雨霁玩古兰》）在任何时代，没有盐的生活都是难以想象的。为此，在古代生活中，将盐入诗的颇多，通常会有三种指代意味，第一种常指人生之可爱，生活有佳趣，像苏轼在《次韵周穜惠石铫》中讲煎茶如何用盐："铜腥铁涩不宜泉，爱此苍然深且宽。蟹眼翻波汤已作，龙头拒火柄犹寒。姜新盐少茶初熟，水渍云蒸藓未干。自古函牛多折足，要知无脚是轻安。"第二种是用盐来指代生活贫困，明代张羽《早春旅怀》曰："远客归未得，东风冷尚严。烧痕山顶秃，春色柳眉尖。病久医方熟，贫深酒债添。浮生欲何以，朝暮为盦盐。"第三种则是视人生如浮云，咸淡随意了，例如陆游《老甚自咏》："残年真欲数期颐，一事无营饱即嬉。身入儿童斗草社，心如太古结绳时。腾腾不许诸人会，兀兀从嘲老子痴。亦莫城中买盐酪，菜羹有味淡方知。"或是宋代老和尚正觉在《还南麓旧居》中开心道："枝藤结伴得游娱，怀习难宁寻旧居。云水梦思孤榻稳，山林眼味四窗虚。秋衣未絮怯繁雨，午饭无盐甘软蔬。老境端来傥底志，道同巢鸟与渊鱼。"以盐入诗，看起来是雅意，其实也因为盐不易得，便流露出许多的无奈和少许的得意。

食盐专卖是历朝历代国家最重要的财政收入，渤海湾的长芦盐场是明清两代直至中华人民共和国成立后最重要的食盐生产基地。而在旧时代，盐丁、灶户的生活之艰苦，今天的人们难以想象。因为，即使是高高在上的乾隆皇帝，多次来天津巡视盐业生产情况，也不由得感叹道："一历篷芦厂，载观盐灶民。樵山已遥远，釜海亦艰辛。火候知应熟，卤浆配欲匀。可怜终岁苦，享利是他人。"(《咏煎盐者》)

中国古代的食盐生产方法，最早是海水煮盐，或是淋取盐池碱土煎盐，因为煎盘小，产量极低，而且生产时间长，耗费柴草多，所以盐非常昂贵，《周礼·天官·盐人》："掌盐之政令，以共百事之盐，祭祀共其苦盐散盐，宾客共其形盐散盐，王之膳羞共饴盐。"苦盐产于盐池，散盐则是井盐或海盐，售卖给百姓和下级官员。"形盐"据说是将散盐用模具压制成虎形的盐块，这是奢侈品。而"饴盐"则是加入了饴糖的盐，据传言其味道甘美，专供天子之用，属于非卖品。

到了明清两代，特别是在渤海湾一带的盐场，生产技术提高，均改用"淋卤法"制盐。柴草少的地方刮滩土淋卤，开工多在春天，将海滨的积盐土犁开，捣碎，堆积成盐土堆，然后在土堆边挖坑，坑底铺上芦席用来过滤，最后将盐土一层层铺在席上，用海水来浇，从席下渗出的便是用来煎盐的卤水。

葛沽丰财盐场当初采用的是先进的晒灰淋卤法，就是我们方才讲到的，每年十一月，盐工们便会前往海滨煎盐场地，取出保存好的上一次煎盐烧过的草木灰，挖坑池堆入草木灰，然后取海水浇入坑池，浸泡草木灰。等到明年春天，将坑池中满含盐分的草木灰取出晾晒，发现灰上出现白色结晶时，便可以用来淋卤煎盐了。之所以在冬季为淋卤做准备，是因为葛沽的天气冬季寒冷，干燥少雪，有利于草木灰中的水气挥发。而到了春季，葛沽干旱少雨，正是煎盐最好的时候。

据传说，丰财盐场的工作方法是，每口煎灶十名盐丁，伙用一口七块铸铁片拼成的平底浅煎锅，直径五尺，里边放盐卤，下边点燃芦苇烧火，盐工用木铲推动锅中的卤水和成盐。注意，卤水不能一次添满，而是随烧随添，以防拼接的铁锅漏卤，那样可就麻烦大了。就这样干下来，每煎成一锅盐，需要费时三天，得盐十斗。通常，丰财盐场的炉户，每灶一年生产一千八百斤"白盐"，这是进献给朝廷的贡盐，属于奢侈品，另外还有一百四十斤"黑盐"，交给盐商分销各地，供百姓食用。需要特别提醒的是，全中国能够生产"贡盐"的盐场可不多，丰财盐场在生产贡盐过程中，费工费料费时，而盐丁、灶户的收入并没有因此而增加，所以，贡盐反而加重了盐丁、炉户的负担。早在宋代，王安石便了解到盐工之苦，他在《收盐》诗中道："州家飞符来比栉，海中收盐今复密。穷囚破屋正嗟郁，吏兵操舟去复出。海中诸岛古不毛，岛夷为生今独劳。不煎海水饿死耳，谁肯坐守无亡逃。尔来贼盗往往有，劫杀贾客沈其艘。一民之生重天下，君子忍与争秋毫。"显然，那个时候的煎盐法极其落后，盐工生不如死。

后来生产技术改进，有了温锅法，一炉三五口锅，一锅煎盐，其他温热卤水，提高了生产效率，据说一昼夜可产盐六百斤。再到后来便改了更先进的晒盐法，不论是盐的产量还是质量，都是一次极大的飞跃。这种晒盐法直至今日仍有少量生产，到葛沽东南方向的汉沽一带，还可以看到大片的旧盐池，很是壮观，也算是本地一景吧。

其实，用历史的眼光来看，盐业与盐民应该算是一批最值得纪念的劳动人民，特别是葛沽盐民，他们不断改进生产技术，提高食盐品质，为全国人民的每日饮食生产出能够点醒味道的优质海盐。

考察了葛沽盐民生产食盐的辛苦和劳累，我便产生了一个疑问，他们每年冬春两季，冲寒冒雪，必须离家数十里前去淋卤、煎盐，这段时间，他们的每日饮食，都吃些什么？

之所以专门提出这个问题，是因为葛沽的盐民和渔民，为天津地区在饮食文化上遗留下来极为珍贵的文化遗产。

冬季晒灰淋卤的时候，天津有三种耐存储的蔬菜恰好上市，一为"菘"，这是古代名称，其实就是大白菜。天津卫的大白菜早得盛名，有白麻叶、青麻叶之分，还细分为"大核桃纹""小核桃纹"等等。二为"卫青"，就是青萝卜，至今仍是冬季深受欢喜的蔬菜，天津有一些人不喜欢吃苹果、鸭梨，但冬季专食青萝卜，例如在下。三为"蔓菁疙瘩"，夏收窖藏，冬季食用，亦蔬亦粮，当年是重要的农作物，如今因为风味特殊，已经很少人食用了。盐民将这些蔬菜带到盐场，挖窖保存，可以避免冻伤，长期食用。

除去这些蔬菜，葛沽毕竟是产盐的地方，盐民的主要菜肴就是腌渍食物，例如咸鱼。如今人们说到咸鱼，多半是指广东的"梅香咸鱼"等物，而葛沽的咸鱼，就是渔民在鱼汛来临之际，一时捕获了太多的鲜鱼，或是捕获的多半是售价不高的鱼类品种时，便使用干腌法，直接在鱼上抹盐晒干，待冬春季出售给穷人佐餐。记得二十世纪七十年代初的某个冬天，我十一二岁的时候，家中无菜可食，买来干腌的马口鱼，放在炉火上烤得金黄焦脆，与玉米面的大眼儿窝头共食，格外美味。

因为冷藏技术发达，如今中国北方地区的咸鱼已经很少见了，但葛沽有两种重要的腌渍海产品保留了下来，成为真正的传统。其一为虾酱，细究起来种类颇多，最大品类是用渤海湾独有的"麻线虾"制作的虾酱，颜色灰白。记得我上小学之前，去河北农村外祖母家里小住，外祖母曾让我拿着碗去赶集，买一毛钱虾酱回来，打上鸡蛋蒸熟了给我吃，那时这便是高级菜肴了。葛沽还有一种极为特殊的虾酱，叫"虾头酱"，就是渔民渔获了著名的"渤海对虾"，其中那些被挤压掉头的对虾，便将虾身单独出卖，名曰"虾钱"，天津名菜"烹虾段"和"熘虾钱"，便是以此为原料。而虾头则用来腌渍发酵磨碎，制成虾酱，因为其中多含虾脑，故而颜色发红，这一种算是虾酱中的高级品。

　　今天您如果来葛沽一游，能够买到本地著名的"潘记虾酱"，食用方法一点儿也不麻烦。除了网上可以查到的那些菜谱，本人在家中常做的食谱有二，其一是虾酱蛋炒饭，说穿了就是在鸡蛋液中放入少许葛沽虾酱，既增添海鲜风味，又足以当盐使，所以，炒饭就不用另外加盐了。其二略有一点点复杂，便是"虾酱炸鸡块"，只要会做"炸鸡块"的人都能做，无非就是用少许虾酱代替盐，用来腌渍鸡肉，炸出来的鸡块算得上飞禽海鲜两味并举，当真是风味独特。需要特别提醒的是,做虾酱菜肴,虾酱一定要酌情适量,因为,放多了,菜就太咸了。

葛沽这个地方的食俗与广东大可一比,叫"长毛的不吃掸子,有腿的不吃板凳",这是开玩笑的话,意思是除以上两种之外,长毛带腿的都吃,更不要说海产品了,于是,"生吃螃蟹活吃虾"只算是寻常本地风光。如果您哪天秋冬季来到葛沽,应该能够买到产量不多的"夏家一品腌咸蟹"。据说夏家老太太是岐口人,祖上几代渔民,她在娘家学会了生腌海鲜的技术,带来葛沽,利用本地独特的稻田蟹,发明了这道"咸腌蟹"。这是本地风光,小品种名产,外地人殊不易得,用来佐餐下酒,不亦快哉!

还有一种大众化食品,整个天津地区凡是好喝两口儿的人都格外喜爱,就是干炒花生米,天津话叫"炒果仁儿"或"五香大果仁儿"。葛沽盐民冬季入盐场,工作辛苦,只怕不仅仅是喝两口儿酒而已,所以,这种本地最爱的下酒菜,应该必不可少。为了这篇文字,我到葛沽采访,带回二斤那里的名品"小啫喱果仁"。"小啫喱"是天津土语,乃是这种炒干果创始人的绰号。从远里说,清末南运河淤塞,漕运改道从大沽口入海河,夏秋漕米北运,卸下米之后,漕船多半要在海河沿岸停泊很长时间,避过冬季枯水期。然而,空船难抵海潮,所以漕帮船民卸粮之后,便装上半船沙土押舱,待来年夏初南行前,他们将这些沙土卸在葛沽附近的海河沿岸。这些来自北京小高原的沙土,经过海河水上百年的淘洗,便生出些独特的气质来,它就是用来炒制"小啫喱果仁"导热介质。"小啫喱果仁"的基本工艺是先浸泡入味,泡制果仁的汤料属于私人秘方,无从得知,倒是用火方法,制作者并不讳言,他是"先用河滩芦苇暖膛,再用柳木材烧炉膛,然后加一些葛沽盛产的艾叶,散发出特有的香味"。

在下以为,这"小啫喱果仁"确有独到之处。因为我一次带回来二斤多,便装了一小玻璃瓶作日常食用,余下的都放入冰箱冷冻室保存,这样可以避免果仁因油变质,缺点是容易受潮,果仁就不脆了。日后证明,果然如此,但在下有办法,我取出冷冻的果仁,放在电饼铛上,从预热到响起提示音共五分钟,果仁变得如同新出锅一样香脆可口。

遥想盐民在盐场,天寒地冻之际,一锅盐煎出方得休息,此时他们便借着煎盐的余火,将蔓菁埋在热灰中,咸鱼立在灶口,并将受潮的炒果仁放在铁锹上,伸入灶中去烤,然后饮酒解乏。酒到酣处,他们会敲几段葛沽"耍乐花会"的曲牌,唱几段葛沽花会的曲目:"宁可深卧草屋,不悬命立在君侧;寻几个知心友,以茶代酒乐而忘忧。""水旁林下隐居,赤脚林下浴足,免去心头朝事萦绕;单衣素食温饱,胜如穿裘骑马乘轿。"(《庆辞朝》,又名《渔家乐》)

在下考察葛沽,了解葛沽,最重大的发现,就是劳动者的坚韧与乐观。

坐久颇能评海错,交深多感馈鲈鱼

即使是一百年前,也是每年五月五—七日"立夏",葛沽人此时很忙碌。对于"吃尽穿绝天津卫"来讲,以葛沽人为代表的"海下人",每年都在拼尽全力供应天津市民无尽无休的海产品需求。这个时候,带鱼的春季鱼汛刚过,天津人红烧带鱼、大米干饭已经吃足了,正在热切地盼望着"黄花鱼"的到来。

渤海每天清晨四点钟开始涨潮,被天津人称为"海浪头"的葛沽一带的海下人,便驾着小船,乘着上涨的海潮,从出海口上溯到天津市区,最迟十点钟就能到达陈家沟的"鱼锅伙"。当时的情况是,"海浪头"自己无权销售,只能将海产品交给"鱼锅伙"的恶霸们,由他们分销。留传下来的民谣曰:"打一套,又一套,陈家沟子娘娘庙。小船要五百,大船要一吊。"可见贩运海产品的海下人所遭受的欺压有多么严重。

葛沽人之所以要将海产品运到陈家沟销售,首先是因为当年的天津"混混儿"霸占了海产品市场,其次是因为,陈家沟在市区南边不远处,上午潮水最高的时候,他们在此卸下海货,乘着十一点之后的落潮,驾船返回葛沽时会轻松些。

这条陈家沟大约出现在乾隆十年(1745),当时为了宣泄天津的积水,天津县开陈家沟引河十七里,在十字街与北运河连通,并注入三岔河口。多年之后,这条引河淤塞成为一条街道,便是"陈家沟大街",如今,这个地方遍地高楼,地名也只剩下一个公交汽车站名了。

五月夏初,正是黄花鱼大批上市的季节。黄花鱼是天津本地称谓,它的学名叫"小黄鱼",是"石首鱼"的一种。"已道鲥鱼色似银,况兼石首烂金鳞。曲米渍成鲟枕脆,豉羹调出䲅腴新。"(钱芳村《击鲜行》)于是,天津市民不论贫富,家家都吃黄花鱼。"当当吃海货,不算不会过。"这句天津俗语,在这个时节最为准确,因为市民们可以去当铺当了春季的丝质夹袍或薄棉袍,赎出去年当进去的夏季布衣,付了当息之后,恰好有余钱大吃物美价廉的黄花鱼。

渤海湾的小黄鱼与东海的大黄鱼同类但有别,此处不细说了,在历史上,它们最重要的差别有两点。第一,大黄鱼和长江鲥鱼一样,在明清两代是贡品。据记载,鲥鱼在明代是南京应天府的贡品,清朝为江苏巡抚的职责,在南京专设冰窖,进贡沿途三十里一站,白天悬旗,晚上悬灯⋯⋯送鱼人在途中不准吃饭,只吃蛋和酒。从南京到北京,两千五百里陆路,要求三日之内送达,比"八百里加急"的"红旗捷报"还得快些。到了康熙二十二年,在山东按察使司衙门任职的理学家张能麟写了一封奏折,请上司代为上奏,这就是著名的《代请停供鲥鱼疏》,内中有言曰:进贡鲥鱼"通计备马三千余匹,夫数千人⋯⋯故一闻进贡鲥鱼,凡此二三千里地当孔道之官民,实有昼夜恐惧不宁者"。于是,康熙皇帝大笔一挥,鲥鱼"永免进贡"。

　　然而,鲥鱼进贡虽免,但大黄鱼的进贡却未免,每年夏初,进贡入京的大黄鱼依旧沿路飞驰。那么,这大黄鱼真能三天就送到京城吗?到了京城还新鲜吗?其实,明清两代的太监和御膳房有一整套专门对付皇上口腹之欲的心法,二三百年下来,已然运用精熟。首先,各地贡品是必须要登上皇上的膳桌的,只是,大黄鱼腹部多脂肪,虽然用淡盐水腌着,还有沿途冰窖换冰降温,但送到北京也多半已经臭了。怎么办？自然是江苏巡抚每年有一笔专门的银子送入宫中，御厨将大黄鱼用油狠炸至半干，多加香料，重味烧制，而侍膳的太监也早已得了钱，便将这大黄鱼藏在一盘盘的肥鸡大鸭子和火锅后边，不让皇上看见。万一某日皇上想起大黄鱼这事，太监们便可回话说："早给您上过了，您老人家那天没用，撤下去赏人了，有《起居注》可查，万不敢出错。"另外，但凡贡品，照例是要分别赏赐给王公亲贵和宫中嫔妃的，万一被问到，大家也一起谢赏，欺骗皇上说大黄鱼好吃。而皇上若当真想吃，就得等到明年，然而，到时候他依旧还是会被众人合伙再骗一回。

其实，每到夏初，北京的王公大臣们与天津市民一样，也在大吃小黄鱼。因为京津两地冰窖极发达，路途又近，早上葛沽人送到陈家沟的小黄鱼，晚上就能登上北京富人的餐桌。于是，明代正德皇帝的首辅大臣李东阳在北京吟诗曰："夜网初收晓市开，黄鱼无数一时来。风流不斗莼丝品，软烂遍宜豆乳堆。碧碗分香怜冷冽，金鳞出浪想崔嵬。高堂正忆东邻送，诗句情多不易裁。"（《佩之馈石首鱼有诗次韵奉谢》）另外，清代两朝帝师翁同龢也在他的《翁文恭公日记》里，记载过他大啖天津小黄鱼的事情。

小黄鱼与大黄鱼的第二个重要历史差别是"鱼鳔"。

今天的干黄鱼鳔是奢侈品,而当年的干黄鱼膘则是重要的军工产品。据《明英宗睿皇帝实录》卷之二十三载:"辽东都司定辽前卫指挥佥事毕恭言五事……辽东属卫军器,除盔甲枪刀箭岁用库收,布铁地产物料造办,其弓张弦条合用筋角漆鳔丝线,原无出产,不曾造办,请令该部于京库支运漆弓二万张,弦四万条,给与沿边军士操备。"看明白了吧,制造弓弩,必须要用鳔胶一层层胶接而成,然后再精修打磨髹漆装配件。而熬制这种高级鳔胶,非小黄鱼的干鱼鳔不可。所以说,渤海湾的小黄鱼,不单是美味,在明清两代,还是重要的军事与国防资源。

小黄鱼汛过后,天气也就热了起来。葛沽人驾船乘着海潮,又给天津人送来对虾与比目鱼。渤海湾出产的对虾名叫"中国对虾",是本地特产。大约五十年前,我在电影院看过一部纪录片,讲的就是渤海的对虾。我当时担心的是,跟着活对虾在海里边游,拍电影的这个人,一口气得憋多长的时间啊!更让我困惑的是,渤海湾近在眼前,我怎么就没在副食店里见过卖对虾的呢?明明我家的副食本上有"水产品"一页啊,朝鲜进口的橡皮鱼我都吃过。我将这疑问去问大人,回答曰:"大对虾全都出口换外汇了,小孩子别做梦,吃点小虾皮儿意思意思得了。"

渤海的对虾特点突出，它的身体长大且侧扁，甲壳很薄，珠宝般光滑透明。雄虾是菜花黄色，体长十三至十七厘米。雌虾呈青蓝色，天津人称其为"豆瓣绿"，最长可达十八厘米。据上一辈人讲，大约七八十年前，天津街边上还有小摊卖对虾，是用一根竹签插上两只，一对一对地卖，所以才叫"对虾"。说起吃对虾，随便一个天津人都能说出半本菜谱，此处就不多讲了。

海下人送来的比目鱼，天津人叫"鳎目"，发音为"塔吗"，前三声后轻声，夏季入伏之后食用，才算应时当令，简称"伏鳎目"。现如今，一米来长，两寸多厚的鳎目鱼已经见不到了，有也是远洋捕获，非本地土产。论起鳎目鱼的烹调方法，各家自有专长，天津人公认三伏天气最热的时候，应该吃"侉炖目鱼"，这是道汤菜，鳎目鱼剥皮切作排骨块，过油熬汤至奶白色，再加盐调味，多放白胡椒粉，一碗下肚，浑身透汗，凉快呀。

转眼间入秋，该吃鲈板儿了，学名叫"日本真鲈"，又叫"七星鲈"，肉多刺少，生长于咸淡水之间，模样也好看，体侧一条灰线，背上十数颗黑星，背鳍硬棘张开来像旗子一样。然后又是冬天。一年四季下来，除去我们以上简单介绍的几种海产品之外，像银鱼、紫蟹、皮皮虾（虾蛄）、梭鱼、鲫头、海鲇鱼、三疣梭子蟹，各种贝类，以及天上飞的，地下跑的，草棵里蹦的，包括如今早已严禁捕食的种种候鸟，数不胜数。当年天津人有口福，如今也不能算差，因为，我们此时与全国人民一样，正在大嚼来自全世界的海产品。

那么，葛沽既然临近渤海，特产丰富，他们自己的日用饮食又如何呢？

葛沽人吃海鲜因为原料极新鲜，所以喜欢其本真的味道，不屑城里人那些花哨的手段。遥想一百年前，每年春末直至冬初，葛沽街头最壮观的景致便是"涮海锅"。据传说，这种摊位当时不下几十家，通常是街边空地上垒灶，支起两三口大号铁锅，锅里沸汤翻滚，底料无非是花椒大料桂皮、生姜大葱蒜瓣、干贝海米饽饽鱼。按照本地八人一桌的常例，不论生张熟魏，认识不认识，大家围锅而坐，站着吃也行，各随己意，每人一套碗筷，还有一件极为重要的工具——深笊篱。

这深笊篱最不寻常之处，在于自己动手，互不相扰。您要是想吃渤海对虾，连头带尾八九寸长，一毛钱一对儿，投入深笊篱，自己决定火候老嫩，不必担心这对虾会"游"到别人的锅边上去。您要是想吃扇贝、蛏子、麻蛤、蛤蜊，一毛钱能给您一铁锹，还有那砂锅盖大小的三疣梭子蟹，窝头般大小的海螺,或者剥皮掏肚色泽如玉的墨斗鱼,欢蹦乱跳的皮皮虾,以及如今早已经消失在记忆里的种种渤海湾出产的海味,全都整筐整箩地备在那里,只听您招呼一声,便装入您的深笊篱。那个时候,吃海鲜不怕您钱少,只怕您胃口小,因为,当年的大海富足丰裕。

如今大海穷了,涮海锅也改成"海鲜火锅"了。不过,有些葛沽本地的食物还是保存了下来,例如三鲜馅包子。今天您来到葛沽,如果时间方便,不妨中午早些去瀛顺包子铺占个座位,这家的葛沽海鲜自不待言,主要是他家的三鲜包子里放的不是鲜虾仁,而是"金钩海米"。我记得读过一篇某位大学者写的有关西南联大的回忆录,写他在昆明常去的一家茶楼,里边售卖猪肉海米馅的包子,被他夸得天花乱坠。我曾到昆明找了三天,也没找到这家茶楼,想必如今早已关张了。瀛顺包子铺的三鲜包子,金钩海米是本地特产,和猪肉、木耳、鸡蛋拌成三鲜馅,与鲜虾仁三鲜馅的最大差别在于口感,因为您能咀嚼到海米的韧劲,并品味到随之而来的在您齿颊间迸发的鲜香。

在下喜欢偶尔开车到葛沽去吃顿午餐,往返七八十公里,这是因为瀛顺包子铺只卖午餐,晚餐的没有。吃饱之后,我会在街上转转,看看这座对天津意味深长的旧镇如何变成一座现代化的小城，不知不觉，便会走到崔记茶汤摊上歇歇脚，与崔老板聊一聊老葛沽，顺便喝一盏茶汤，解一解口中浓重的海鲜气。

茶汤这种小吃，据说始创于明代，虽然无从考据，但有其可信之处。从近年来的基因学和考古学的专项研究成果来看，高粱原产于非洲已成定论，大约九百多年前，即宋辽夏金时期从印度传入中国。在现有的农书中可以看到，根据元代的《农桑辑要》引述金代的《务本新书》中所录内容，高粱在当时的中国北方已经成为较常见的农作物。而将高粱改造成茶汤这样一种平民化并流传较广的小吃，由元至明，一百年的时间不算多，因为在石磨碾磨面粉的时代，筛面的罗孔能够细到什么程度，是茶汤这种利用沸水冲熟的小吃能否被创造出来的关键。

崔记茶汤使用的高粱面出自"黏高粱"，也就是穗子用来扎笤帚的那种高粱，产量极低，现在已经很少有人种了，而他所使用的果料，特别是蜂蜜、糖桂花之类的，都是自己精心调配，不失传统，又与众不同。茶汤这种热甜食，通常是每年秋凉后开始受民众欢迎，大人也好，儿童也罢，还有像我这类特地找寻来的闲人，坐在摊子上吃一碗，温热香甜，很容易诱发人们的幸福感。

因为自康熙到乾隆时曾经多次接驾，葛沽保留有"茶棚"的传统，如今茶棚虽然不在了，但与茶棚相关的文化被保留下来一部分，茶汤便是茶棚小吃的传统之一。葛沽近海，渔民、盐民居多，养船造船人家也多，多数人信奉自南方传来的"妈祖文化"。过去天津的天后宫出皇会，是每年的农历三月二十三日娘娘诞辰，最后一次正式出皇会是1936年。而在葛沽，除去特殊时期中断了十来年，几乎每年的正月十六，都会全镇出动，为妈祖娘娘举办一场热闹非凡的"宝辇花会"，因为此事内容繁多，在这里就不多说了。崔记茶汤的老板讲，每年正月十六"宝辇花会"的时候，茶汤会受到民众格外欢迎，因为天气寒冷，花会内容繁多，时间长，许多人都会吃上一碗茶汤暖暖身子，特别是儿童。崔老板说他有一门绝技，叫作"扣碗茶汤"，专门在冬季供应，就是一碗茶汤冲好之后，可以倒扣在桌上，碗内茶汤不会流出。这种茶汤浓厚，要用竹签来吃。今年冬天，在下是不是应该专门去尝一尝这门绝技？

写到此处，我不由得在想，为什么你不写日新月异的新葛沽，而去写旧葛沽呢？转念一想我又释然了，因为新葛沽飞不了走不掉，每天都在那里，而旧葛沽的内容正在流失，其实已经流失了许多，再不记录下来，可惜了。

后　记

　　旅行为什么要带上折纸？这的确是个问题。

　　若要回答这个问题，须从远处说起。在下常年居家，买菜做饭洗衣打扫，加上读书写作，这都是生存之必须，干也得干，不干也得干。生而为人，养家糊口，自立自为，这些事无可推托。然而，在下总还是需要一点点个人爱好，用来调剂情绪，转移注意力，以免出现心理偏差，于是，动手做点既不费时，又不需要多少体力的小事，应该算不上是浪费生命吧。古代先贤，那位梦里化蝶的庄周先生不是说过嘛："不做无益之事，难遣有生之涯。"不对，这两句是相声里说的。庄周先生的原话是："吾生也有涯，而知也无涯。以有涯随无涯，殆已！已而为知者，殆而已矣！"在下算不上"知者"，只能算是个"求知之人"，因此，以有涯求无涯,不敢指望太多,殆就殆吧。

男人在家动手做点小事,自古便有个官称,叫"玩儿"。许慎《说文解字》说:"玩,弄也,从玉元声。"这个"弄也",就是必得动手。而"玩"字从"玉",意味着所玩儿之物值得宝爱。而"玩"字的另外一半是"元",应该不单单指形声字中的声部,因为"元"字多义,其一为"首",用现代汉语说是指"头"或"头脑"。古人造字果然智慧,因为,不肯使用头脑,只会玩儿出简单的傻乐趣。

在下所玩儿,往高雅里说叫"怡情",但也有人称之为"胡闹"。冬天来了,在下照例得养些盆栽植物,每日清晨,将它们摆列开来,边喝茶边欣赏,与在下分享冬日阳光,算是赏心乐事。盆栽的品种不多,甜菜是本人的最爱,天津人称之为"紫菜头"。在下前往菜市场精挑细选,将其放在碗中清水浸泡,不旬日,叶子便长出来了,叶脉紫红似玛瑙,叶片乃正经的翠绿;再往碗底看,须根也生出了些模样,又细又长,真正"胭脂水"碧玺的颜色。至于古人称之为"菘",今天叫作"大白菜"的盆栽也有讲究,宜用素白盘或净绿盘盛之,选取天津特产"大核桃纹青麻叶白菜",菜叶余羊肉丸子汤,菜帮斜刀削片旺火热油醋熘,菜心切丝用麻酱白糖老醋调和而成下酒小菜,最后剩下的那白菜疙瘩,才是案头清供的根基。半月过后,白菜疙瘩先是生出些花纹明晰、色泽鲜艳、指甲大小的绿叶,然后,一两支细茎从中钻出,绽放许多细小的明黄色白菜花,煞是精致可爱;又过几日,白菜花谢了,花瓣如雨,落在盘中,真真就是玉盘洒金屑。

还有一种盆栽是冬季必须要有的。每年大约12月22日冬至,在下常在11月底种蒜苗,选取天津宝坻区的四六瓣紫皮大蒜,剥皮取出蒜瓣,穿之以竹篾,养之以瓷盂。唐代著名的"墙头草"宰相崔日用有首七言律诗此刻最是应景,诗曰:"洛阳桴鼓今不鸣,朝野咸推重太平。冬至冰霜俱怨别,春来花鸟若为情。"待到冬至节,蒜苗已长到半尺有余,茂盛之姿,可称葳蕤。天津的冬至食俗是要吃馄饨的,预防冻耳,而馄饨汤中除了山东海米、福建紫菜和著名的天津冬菜之外,出锅提取香气时,如果仍然使用芫荽甚至韭菜,那就俗了,于是,将一小撮蒜苗粒放在馄饨碗中央,待它被热汤一激,哎呀!其香也别致,其嗅无蒜臭。

话题扯得太远,还是直接说折纸吧。折纸也是玩儿,网上买来裁成正方形的彩纸,再买一本折纸书,便可以开玩儿了。最初不过是在下工作累了,休息时学着折些小鸡小狗小猪小鱼,或是大雁仙鹤桌椅板凳之类的,无非是复习五十多年前在下于幼儿园中所做的功课。然而，时间一长，便觉得寡淡无趣了，于是，在下便想到，折纸或许可以当作书签使用，经过几日"科学研究"，在下终于将一种单面浮雕式仙鹤与一种双色金鱼改造成书签。

仅仅如此吗？没动脑筋，太幼稚了，在下有些看不上自己。要想提高折纸书签的品质，首先得提高纸的品质，如今海外代购方便，在下弄来些日本出产的友禅千代纸，十厘米正方形，纸边挂胶，又薄又韧，花色繁多。然后在下又网购了一支胖墩墩的上海英雄牌老式钢笔，用来在折纸书签内侧签名。毕竟这是在下自己的手工制品嘛，签名可以假装是在搞艺术。只是，如果仅仅是签个名，没大意思，若是抄上几句名人名言，更没意思。思来想去，还是得从汉文化传统中找办法。最后，在下想到了明清两代盛行的文字游戏"集句"，其中最浅显容易的一种，就是选取两首五言唐诗中的诗句，集成一副新对联。

说干就干，先去书架上找出张伯驹的《素月楼联语》，正经学习一下，然后嘛，几经推敲，在下终于将折纸书签内侧的文字格式确定下来。举例说明，在下今天为了重读迈克尔·桑德尔的《公正》，刚刚折好一只书签，具体方法如下：将正方形折纸当作"斗方"使用，正文乃唐诗集句"汲古得修缏,开怀畅远襟"。上款是"集韩愈褚亮诗联再读《公正》",下款是"丁酉年十月龙一手制"。请注意,当折纸书签完成之后,里边的文字是看不到的,而正是因为看不到内文,这件东西才有了些意味,才算是玩儿得有趣吧。

大约四年前,在下完成了这种手折书签的设计,于是每次出门旅行,都会将折纸带在身边,特别是随身阅读的书籍当中,总会备有两枚手折书签。准备两枚书签的目的无他,就是要将此物分赠给旅途上偶遇的读书人。在机场、车站,或是在飞机、火车上,如果邻座有人在那里读纸质书,无论男女老幼中外,不论他们读的是什么内容,在下都会暗自将他们引为同好,等火车到站,或是飞机降落滑行时,在下会将两枚书签夹在书中向他们展示,请他们自己挑选一枚。这样做有什么收获吗? 在下也曾自问自省,结果发现,每赠出一枚书签,多半会收获一个浅淡的微笑,或是一次轻声道谢,当然,也有可能会是对方茫然无措的表情,仅此而已,这就足够了,然后,两位阅读纸质书的读者便拉上行李,各奔东西。

若问在下赠送的手折书签曾被人拒绝过吗?没有。那么, 在下每次出行都会将精心制作的手折书签分赠出去吗?很遗憾,如今读纸质书的读者太少了,坐在邻近座位的就更少了,有时在下带着两枚书签出去,最后又将它们带回家。

希望有一天,您在旅途之中与在下相邻,手中恰好有一本纸质书,那时,在下多半会将一枚手折书签赠送与您。如果您恰好读的是在下的拙作,而在下的包中又恰好带着折纸,那么,在下必定会当面为您手折一枚书签,这样,您就应该能够看到书签里边写的是哪两位唐代诗人的五言诗句了。